カバー絵・口絵・本文イラスト■高永《たかなが》ひなこ

この物語はフィクションであり、実在の人物・
団体・事件等とは、いっさい関係ありません。

BBN
B•BOY NOVELS

白衣は情熱《こい》に焦がれて

浅見茉莉

CONTENTS

白衣は情熱に焦がれて —— 7
白衣は情熱に溶けて —— 175
あとがき —— 231

白衣は情熱《こい》に焦がれて

朝八時、いつものように成和病院西病棟《せいわびょういん》のナースステーションでは、深夜勤から日勤への引き継ぎが行われていた。

「――、それから三〇六の上田《うえだ》さんは、今日抜糸予定なので」

「わかりました。確認します」

スケジュールボードを手に、日下理晶《くさかまさあき》は頷《うなず》いた。

「よろしくお願いします。私はまだしばらく院内にいますので、なにかあったら知らせてください。では」

当直を終えた朝霞洵《あさかじゅん》は、他の内科医と居並ぶ看護師を見回して柔らかく微笑《ほほえ》むと、ドアに向かった。

「朝霞先生当直明けなのに、まだ仕事するのかしら」

「診療も運営もだものね。大変だわ。でも最近すごく頼もしくなってきたと思わない？」

「あ、やっぱり？　見た目は相変わらず王子さまなんだけど、なんか凛々《りり》しいのよねー」

横でカルテを捲《めく》っていた日下は、言い得て妙の喩《たと》えに思わず口元が緩《ゆる》んでしまう。

「やだ、日下先生ったら聞いてらしたんですか」

「や、すぐそばで話してたら聞こえるでしょう。でも、王子さまはうまい表現だな」

事実、洵はこの成和病院院長の子息であり、いずれは跡を継ぐと思われる。

日下も初めて会ったときに、育ちがよさそうで柔和《にゅうわ》な印象を持ったものだったが、最近は看護師たちの言葉どおり、芯の強さが窺《うかが》えるようになった。三十になったばかりと聞いているが、跡継ぎとしての自覚は充分なのだろう。

「人のこと笑ってられませんよ。日下先生だって貴公子って呼ばれてるの知ってます？」

「俺が？　やめてよ。もういい歳なんだから」

「なに言ってるんですか。まだまだでしょう」

「そうですよ。朝霞先生も日下先生も、ナースにとってはアイドルなんです。ふたりとも美形で目の保養。癒《いや》しだわー」

自分までネタにされていたことに苦笑しながら、日下はカップのコーヒーを飲み干した。

「さらに我らが成和病院は、騎士《ナイト》までお迎えしてしまったし」

「あー……でもちょっと愛想悪いのよね」

それまでの賑《にぎ》やかさが鎮《しず》まり、看護師たちは顔を見合わせて意味ありげに頷き合う。

騎士……？

先ごろ赴任してきた、目つきの鋭い外科医の顔が頭に浮かんだ。

「……それって、築城《つくしろ》先生のこと？」

「ええ、またかっこいい先生がいらしたと思って、私たちも喜んでたんですけど……」

「歓迎会を開こうと思ってお誘いしたら、『そんなもの必要ない』って。けんもほろろと言うか、にべもないと言うか」

なるほど。たしかににこりともしない男だと思っていたが、日下に限らず誰に対してもそうなのか。

「まあ、私たちも浮かれてたのは認めますけど、でもねえ……」

「そうですよ。ドクターとナースの関係を円滑にしておくのは、仕事上大切だと思いません？」

「んー、それはたしかにね」

「オペ室でも用意されていた器具に不満があると、自分で揃《そろ》えたりするんですって。それってちょっとイヤミ。言ってくれればいいのに」

日下に苦情を言われても困るのだが、看護師たちはここぞとばかりに言いつのる。半月ほどの間に、よくもいろいろとエピソードがあるものだと呆《あき》れてしまう。

「築城先生って、日下先生と同じ帝都大《ていとだい》出身ですよね？」

「え？　あ、ああ……」

「先輩として、ひと言注意してくださいよ。このままじゃぎくしゃくしちゃう」

「そう言われても……俺もここで初めて顔を知ったし――」

「ほらほら、いつまで喋《しゃべ》ってるの！　病棟巡回《じゅんかい》の時間ですよ」

師長の声に、日下を取り巻いていた看護師たちは肩をすくめ、三々五々散っていった。

日下もほっとして医局へと向かう。

俺だって、できればあいつとはあまり関わりたくないんだよ……。

たしかに築城一馬《かずま》は自分と同じ帝都大学医学部付属病院の出身だが、三年下の彼が研修医としてやって来たころの記憶はない。顔くらいは合わせているのかもしれないけれど、数人ごとに各科を数週間でローテーションする研修医を、ひとりひとり認識できるはずもない。ましてやその時期は日下自身も医局の下《した》っ端《ぱ》で、院内を走り回っていた日々だった。

通路を歩きながら大きく切り取られた窓の外にふと顔を向けると、青々と茂《しげ》った木々の間から朝日がきらきらと輝いている。数日前に梅雨《つゆ》も明け、今日も暑くなりそうだった。

そういえば、あいつが来た日は土砂降《どしゃぶ》りだったな。

築城が赴任してきた日のことを思い出す。

洵に紹介された築城は、新入りらしからぬ遠慮《えんりょ》のなさで、医局に居並ぶスタッフを見回していた。

いかにも外科医らしいパワーのありそうな長身と、若い獣《けもの》のようなきつめに整った容貌《ようぼう》。印象的なそれら以上に、なにか強い意志のようなものが伝わってきて、日下はその姿を見ているだけで半《なか》ば圧倒された。

出身者である日下が言うのも手前みそだが、帝都大医学部は国内の医療系学部の頂点である。その付属病院から来たという矜持《きょうじ》なのか、七年目とは思えない尊大な態度に見えた。

なんだかやりにくそうな男だ……。

そんな第一印象を持った。

睥睨《へいげい》するようなその眼差《まなざ》しがふと日下を捉《とら》え、目を細める。そのまましばらくの間、視線は揺らがなかった。

いや、見つめるなどという生易しいものではない。睨《にら》みつけられているような気がした。

後から思えば、日下のほうから目を逸《そ》らせばよかったものを、このときには吸い込まれそうな眼差しから逃れることなど、考えつかなかった。

……なんだ？　俺を知ってるのか……？

戸惑《とまど》いながら慌《あわ》てて帝都大病院時代の記憶をたぐり寄せてみるが、なにも引っかかってこない。第一これほど印象的な男なのだから、関わっていたら忘れるはずがない。

問いかけるように見つめ返しても、築城はただ黙ってこちらを凝視《ぎょうし》するだけだった。彼のために端からひとりずつ紹介されているというのに、熱を感じるほどに鋭い眼差しは日下に据《す》えられたままだ。ひどく居心地《いごこち》の悪い思いをしながら、日下は数分間を過ごした。

けっきょく築城がなぜあんなに日下を見つめていたのか、未《いま》だにわからない。

渡り廊下の端で、日下は足を止めた。

やっぱり……そうなのか……？

考えまいとしていた理由に行き着いてしまう。自分のあの過去を知っているのではないか――と。

帝都大出身者で、ましてや日下と同じく呼吸器を専門とする外科医である。数多くの医師を抱

える帝都大病院内で、自分程度の者がそれほど目立っていたとは思えないが、よくない噂《うわさ》というのは広まりやすい。

これがあいつかという目で見られているのではないかと、じわじわと迫ってくる焦燥《しょうそう》感と危機感に、日下は思わず廊下の手すりを摑《つか》んだ。

——まさか。

築城が成和病院へ来て二週間。内科医と外科医ということもあって、同じ患者を診《み》ることも何度かあり、個人的な会話をする機会もあった。しかし築城は「過去」に関することは口にしなかったし、帝都大病院のことすら話題にしなかった。

医師として有能なのはこれまでに充分察せられたが、個人的に、いや、同僚としても、どんな男なのかさっぱり把握できない。雑談というものにまったく乗ってこないのだ。それが看護師たちにも愛想が悪いと言われる所以《ゆえん》なのだろう。

仕事に関わること以外は周囲に関心がないというなら、それはそれで個人の自由だと日下は考えている。ことに自分に対してなら、無関心でいてくれたほうがありがたいくらいだが、あいにくと折に触れ築城の視線を感じる。こんなふうに見られているのは、おそらく院内で日下だけだと思う。

最初は日下の様子を窺うようにこっそりとしていたが、ここ数日は日下が気づいているとわかっても視線を外さない。じっと、なにかを問いかけるように見つめてくる。

たまりかねて一度訊《き》いてみれば、「べつに」とすげなく返されただけだった。

なんなんだよ、あいつは……。

不安を煽《あお》られて、医局へ向かう足取りが重くなるここ数日だった。

「おはようございます」

医局のドアを開けると、出勤していた数人の医師の中に、築城の顔もあった。

「早いな」

斜め前の席に座りながら声をかけると、ちらりと目を上げた築城は、Xp《X線写真》を差し出してくる。

「さっき上がってきた。俺の所見は、悪性中皮腫Ⅱ期」

思わず苦い表情になった日下は、フィルムを受け取りながらため息をついた。

「ああ。昨夜のCTで、胸水も確認したそうだ」

デスクのシャーカステンで映し出した画像には、複数のしこりが見える。

「このまま検査と並行して、胸腔穿刺《きょうこうせんし》と化学療法……まずシスプラチンとゲムシタビンかな」

築城は頷いたが、日下がフィルムに目を戻しても、まだ視線をこちらへ留めているのが感じられた。

思わず日下は、デスクの上で拳《こぶし》を握りしめる。

話は終わったはずなのに……。

ラフな前髪の隙間《すきま》から、あの鋭い眼差しが自分を見つめていると思うと、わけもなく苛立《いらだ》ちが湧《わ》き上がる。いや――、脅《おび》えなのかもしれない。

やはりこの男は、あのことを知っているのではないだろうか。

つらい過去から逃れたくて、誰も知らない場所でやり直そうとしても、未だ忘れることは叶《かな》わない。忘れてはいけないのかもしれないが、そこから這《は》い上がって立ち直る方法も見つからない。

表面上は穏《おだ》やかな医師を取り繕《つくろ》いながら、身の内では深い悔恨《かいこん》に苛《さいな》まれて、進むべき方向さえ定まらない。

――自分には、医師としての資格などないのだ。

俯《うつむ》いた日下の髪がかすかに揺れているのは、もしかしたら震えているせいだろうか。

築城の視線を感じているらしく、日下は全身から「見るな」という拒絶のオーラを漂《ただよ》わせていたが、それでも築城は目を逸らすことができなかった。

患者にもスタッフにも丁寧《ていねい》で愛想よく、微笑みを絶やさない内科医――。しかしその笑顔が単なる筋肉の動きでしかないことに、築城は気づいている。

成和病院に赴任してから今日まで、可能な限り彼の様子を見てきた。極めて優秀で周囲の信任も厚く、医師としては申し分のない働きをしていると思う。

けれど誰の目も届かない場所でひとりになったとたんに、微笑の仮面は剝《は》がれ落ち、代わりにその端正な貌《かお》を、計り知れない苦悩で彩《いろど》るのだ。

築城が初めて日下を認識したのは、医学部を卒業し国家試験を通過して、帝都大学医学部付属病院に研修医として配属された年だった。

帝都大病院では、免許を取得して二年以内の医師は研修医扱いとなり、各科を回ることが義務づけられている。

「おっ、日下先生だ」

同じローテーションで回っている同期生が、院内の通路を横ぎろうとしているふたり連れの医師に目を向けながら囁《ささや》いた。

「日下？　ああ、あれが」

どこの医局でもスター医師というものは存在するが、呼吸器内科においては入局二年目の日下がそうだった。

大学時代から首席を守り続けた期待の新人を手に入れた、呼吸器内科医局の自慢と宣伝もあったのだろう。日下の容姿がつい目を引くほど整っていたことも加味して、他科をローテーション中の研修医にまでその名は伝わっていた。

築城は興味を引かれて、通り過ぎる横顔を見つめた。美形という話だったから、左側の若いほうだろう。なるほど、噂は真実のようだ。

「――ええ。でもこの場合は、思いきって抗ガン剤を替えたほうがいいと思います。この程度の数値では意味がない。先月のシアトル学会で発表がありましたけど――」

洩《も》れ聞こえた会話からは、隣を歩く先輩医師相手にも物怖《ものお》じせず意見をぶつけている様子が窺えた。才気煥発《かんぱつ》という評価もたしかなようだ。

たおやかな見た目に反して意志の強さが感じられるところに、築城は関心と好感を覚えた。大病院にありがちな年功序列に気をつかって、能力を発揮することを遠慮しているようなタイプは、いくら優秀でも尊敬に値しない。

「呼吸器内科の重田《しげた》助教授に目をかけられてて、今度の学会の発表も手伝ってるらしいよ」

「へえ」

多少尾ひれがついた評判だろうと思っていたのだが、能力主義の助教授から信頼を得ているということは、真実優秀なのだろう。

「それが、メンバーの先輩とデータの解析でやり合って、言い負かしたらしい。見かけによらずだよなあ」

「そりゃ愉快だな」

思わず噴き出してしまった。

優秀ではっきりとした意志を持ち、おまけに見栄えもいい、か……理想だな。

日下理晶という内科医に対する興味と憧憬《どうけい》が急速に膨《ふく》れ上がり、それから築城は彼の存在を気にかけるようになった。

外科医を目指すことは決めていたが、最終的に呼吸器外科を選んだのも、呼吸器内科の日下と関わる可能性があることが理由だったかもしれない。

しかし簗城が研修医を終えて呼吸器外科へ入局する直前の春、日下は海外へ医療援助のために旅立ってしまった。

自然災害や紛争などによって危機的な状況にある国々での医療援助活動は、日下にとって目標であったらしい。

やっとその背中を間近に捉えて一緒に仕事をしていけると思っていただけに、落胆は否《いな》めなかったが、それ以上に日下の医師としての視野の広さに、驚きながら感動した。

たしかに病気やけがの治療を求めながらそれが叶わない患者が、世界中の各地にいる。そして医師は、ひとりでも多くの患者の要請に応《こた》える義務があると簗城も思うけれど、自分がそれを実行しようとはなかなか考えられないのが現実だ。

ましてや日下は、このまま大学病院にいれば順調に頂点へと上っていくのは確実だった。その用意されている栄光の道を歩むよりも、自分の力を信じてあえて険《けわ》しい道を選ぼうとしている。

初めて会ったときに漠然と理想だと思ったのは、間違っていなかった。

ただの優秀な医師としてだけでなく信念を持った日下に、簗城はこれまで以上の敬慕を覚え、彼を目標として、これからの医師としての人生を歩んでいこうと改めて思った。

――が、それから二年足らず。

突然帰国した日下は大学病院へ復帰することなく、帝都大医学部の大学院へ入ってしまった。学位取得のためかとも思われたが、同じ敷地内にある付属病院だというのに非常勤すらも関わらず、どうやら臨床を退《ひ》くらしいとの噂だった。

あの日下が現場を去るとはどうしても考えられず、いったいどういうことなのかと築城は焦燥に駆《か》られた。

病院へも出入りしている大学時代の担当教授から聞き出したところによると、同じく海外派遣医をしていた同期の親友を、肺ガンで亡くしたことが原因らしい。そばにいながら病気に気づいてやれず手遅れになってしまったことを、自分の責任だと思い込んでいるようだった。

命を救うための仕事をしている。しかし、救いきれないこともある。無力さに歯噛《はが》みし、虚《むな》しさを感じようとも、そこからなにかを得て自分を高めていくことが、医療従事者としてのあり方だろう。

あれほど優秀な日下にそんなことがわからないはずはないのに、臨床に呼び戻そうとする周囲の説得に頷くことはなく、大学院の二年間を過ごしたようだ。

このまま病理の道へと転向するのかと誰もが思っていた今年の春、日下は突然、成和病院に内科医として就職した。

大学院に進んだ友人に折に触れて様子を訊《たず》ねてみたりしていたのだが、日下が変わったとは聞かなかったし、築城自身が大学院を訪れた際に実際日下を見かけたときにも、沈んだ元気のない表情で歩いていた。

そんな日下に、突然臨床に戻るような心の変化が訪れたのだろうか。むしろ、彼を蝕《むしば》む慚愧《ざんき》と後悔の念は凝《こ》り固まっているようだっただけに、その行動は解せないものだった。

気にかかりながらも、遠く隔《へだ》てられてしまった日常にその影を追うことは叶わない。悶々《もんもん》とした日々を送っていた築城だったが――。

『先日、面接に来ていただいた成和病院の朝霞洵と申しますが――』

電話の向こうの柔らかな声音《こわね》に採用の旨《むね》を告げられ、築城はほっと安堵《あんど》の息をついた。

帝都大病院で中堅外科医の位置にさしかかっていた築城にとっては、今後の医師人生を左右する時期ではあったが、日下の行く末がどうしても気になって、驚く周囲の制止も振り切り、自分も成和病院へ拠点を移すべく、自《みずか》ら乗り込みをかけたのだった。

そして成和病院へ来てみれば、案の定、表面上はそつなく務めているものの、日下の心の傷は癒えていないのだと、この半月の間に確信した。

しかしそれでも日下が自分の意志で臨床へと戻ってきたのなら、過去を克服してほしいと築城は願っている。臨床医として失うには惜しい人材であることももちろんだが、日下自身の人生にとっても、立ち直らなければ意味がない。

ふと築城は、数日前の当直の夜を思い出した。

誰もいないカンファレンス室でひとり、長机に肘《ひじ》をついて額を手で支えながら、きれいな眉《まゆ》をひそめて彼方《かなた》を見つめていた。小刻《こきざ》みに震える唇が今にもなにかを叫び出しそうで、見ている築城のほうが怖くなった。

壊れそうな日下が、怖かった。

かつては築城を鮮やかに魅了した憧《あこが》れの存在が、あんなふうに打ち拉《ひし》がれている姿は見たくない。なんとしても元の彼に戻ってほしい。

そのために自分が力になれるなら、いつでも協力する用意がある。日下のそばにいる今なら、手を差し伸べることができる。

ここまで追いかけてきてしまったのだ。なんとしても日下の復活をこの目で見届け、またあの輝くような笑顔に会いたい。

そう思っているのだが、ついため息が洩れてしまう。

斜め向かいの席に座った日下が、ぴくりと揺れた。離れない築城の視線とため息を結びつけて、脅えている。

こんな些細《ささい》な動作にまで反応する日下に、歯痒《はがゆ》さを感じないと言ったら嘘になる。周囲の羨望《せんぼう》と信頼を集めていたころの日下を知るだけに、苛立ちにも似たものを感じてしまうのだった。

定時を数時間回ってから勤務を終えた日下は、成和病院から二駅離れた場所にある一軒の家を訪ねていた。

夏の長い日もとうに暮れ、門柱に灯《とも》った明かりに羽虫が吸い寄せられている。そう、この虫のように、一度も踏《ふ》み入ることを許されないままに、それでも何度も訪れてしまう。

門柱にかかった木の表札を、そっと指先でなぞる。記された【桐生《きりゅう》】というのは、日下の親友だった男の名前だ。

桐生昇《のぼる》とは高校で知り合い、共に医師を目指して同じ帝都大医学部へと進んだ。研修医を終えて、胃・食道内科に入局した桐生とは離れてしまったが、日下が海外派遣医として赴任していたエチオピアの農村で再会した。日下に遅れること一年で、桐生もまた医療援助の道を選んだのだった。

学生時代も研修医時代も、何度か海外派遣医の話をしたことはある。自分がそちらに進むつもりでいることも打ち明けた。

しかし、桐生に誘いをかけたことは一度もない。それぞれの環境も考え方もあるし、どの医療がより正しく偉いというわけでもない。医師であるという点において、自分たちは等しい信念の下に仕事をしているのだから。

事実、当時の桐生は、人並み以上の関心を示してはいなかったと記憶している。それが突然異国の地に現れたのは、驚きながらも嬉しいことだった。

けど……それがあいつの命を奪うことにもなった……。

蒸し暑さのせいだけではない嫌な汗を額ににじませながら、日下は門を潜って和風住宅の玄関前に立った。桐生の祖父が建てたという家は、半世紀近くを経て黒ずんではいるが、どっしりとした佇《たたず》まいを見せている。

現在この家に暮らすのは、桐生の弟である剛《たける》だけだった。幼いころに両親を交通事故で亡くし、祖父母に育てられた桐生は、七つ下の弟をたいそう可愛《かわい》がっていた。高校時代に訪問したときには、日下も兄を慕う剛を見ている。

――あれから何年が経《た》ったのか。

時間だけでなく、現在の状況があまりにも違っていることが、過去をはるか遠いものに感じさせる。

何度訪れてもそのたびに罵倒《ばとう》され、門前払いをされることで、臨床医として再出発しようとしている気持ちも打ち砕かれていく。自分はもう、医師であるべきではないのかもしれないとも思う。

せめて許しを請《こ》いたいと桐生宅を訪れているが、ここ何回かは待ち受ける剛の非難を考えるだけで胃が痛くなってくる。

しかしそれを受け止めることが、桐生を救えなかった自分の贖罪《しょくざい》ならば、逃げることはできなかった。

胃の痛みを押し込めて呼び鈴を鳴らすと、家の奥から物音が近づいてくる。玄関の内側で明かりが灯った。

「……また来たのか」

引き戸を開けた剛は、訪問者が日下だと予想していたのか、驚いた様子はなかった。帰宅して間がなかったらしく、ワイシャツの衿元に解いたネクタイがぶら下がっている。小学生だった剛は、すでに社会人になっていた。

「夜分に申しわけない。これを……供えてほしくて――」

「いらない」

躊躇《ためら》いながら差し出した花束に目を向けることもなく、剛は忌々《いまいま》しげに舌打ちした。

「何度来たって、あんたをこの家に入れる気はない。よくもずうずうしく顔が見せられるもんだな」

きりきりとした痛みを堪《こら》えながら、日下は唇を噛みしめる。

「俺はただ……せめて昇に――」

「だから」

剛は憎々しげに日下を睨みつけた。

「兄貴を救えなかった奴に、親友面して線香なんか上げてほしくないんだよ」

剛が放つひと言ひと言に、日下の心が切り刻まれていく。

「あんたの顔を見るたびに、俺がどんな気持ちになるかわかってんのか？　同じ大学出て医者になって、同じように海外まで行ったのに、ガンを見過ごされた兄貴は死んじまって……あんたはピンピンしてる。おまけに博士号まで取って、行く末も安泰《あんたい》だよな」

玄関先に立つ日下の肩を、剛は突き返した。

「……ヤブ医者」

吐き捨てるような言葉と共に引き戸が閉じられる。

明かりが消え、遠ざかっていく足音を聞きながら、日下は俯いて胃を押さえた。

桐生が海外派遣医にならなかったら、少なくともガンは早期発見できて死ぬことはなかっただろう。充分な治療を施《ほどこ》されて、完治だってありえたかもしれない。

日下が海外援助活動の話をしなかったら、桐生はそんな道を選ばなかった。

震える腕の中で、花束がカサカサと音を立てる。

俺のせいだ……。

医師としても親友としても、自分は許されない過《あやま》ちを犯したのだと、日下は項垂《うなだ》れて佇んでいた。

桐生家の玄関前でいつまでも立ち尽くしている日下の背中を、築城は門柱の陰から唇を嚙みしめて見つめていた。

小一時間前に勤務を終えたとき、日下の表情があまりにも険しかったのは、ここに来るつもりでいたからなのだろう。

顔色の悪さが気になり、築城も仕事を終えていたこともあって、病院を出る日下の後を追った。できれば彼と話をしたいという心積もりもあった。

しかし日下が桐生という表札がかかった家を訪れたのを見て、立ち去ることもできないままにやり取りを聞いてしまった。やり取りと言うよりも、一方的に誹《そし》られていただけだったが。

花束を玄関先にそっと置く日下を見て、築城は慌てて歩き出す。慰《なぐさ》めの言葉をかけてやりたい気持ちだったが、おそらく日下は築城に見られたことのほうを気にするだろう。顔を合わせないほうがいい。

それにしても、と築城は憤《いきどお》りを新たにする。

……なんだってんだ、あいつは。

相手が日下の親友だった亡き桐生昇の弟だということは容易に察せられたが、あの誹謗《ひぼう》の数々には、何度途中で飛び出しそうになる衝動を抑えたことか。

進行した肺ガンによって帰国した昇は帝都大病院へ入院したから、桐生兄弟が互いだけを唯一の肉親としていたことは、スタッフから聞いている。剛の無念もわからなくはない。しかしあの言いぐさは、とうに二十歳《はたち》を過ぎた大人のものとは思えなかった。

完全に八つ当たりじゃないか。

しかもそれに対して日下は、ひと言も返さずに罵倒を受け入れていた。まるでそれが当然のことで、そうすることによって罪を贖《あがな》うかのように。

あんたも……間違ってるよ。

親しい者の死によって歪《ゆが》んだふたつの心が、それぞれの苦しみから逃れるために見当違いなぶつかり合いをしているようにしか、築城には見えなかった。あまりの不健康さに、見ていた築城のほうが怖気《おぞけ》だってしまったほどだ。

いずれにしても日下が過去から脱却《だっきゃく》する上で、剛の存在は枷《かせ》になっている。剛の言葉に呪縛されていると言ってもいいだろう。

救いのない悪循環《あくじゅんかん》だ。出口など見えるはずもない。

そんな気持ちを抱えたままで、まともな生活が送れるとは思えない。医師という仕事のハードさを考えれば、遠からず崩壊《ほうかい》するのは明らかだった。

すでに日下は目に見えて消耗《しょうもう》しており、さらにそれを気取られまいとして、仮面を被《かぶ》ることにも神経をすり減らしている。

どうすればいい……？

住宅街を抜け、駅前の大通りを行き交う車のライトを見つめながら、築城は立ち止まった。

真っ向から切り出して、果たして日下は築城の話を聞くだろうか。その前に過去を知る人間が現れたことで、追いつめられてしまうのではないか。

今でさえ、帝都大からやって来たというだけで築城と関わることを躊躇っている様子なのに。

昔の日下に戻ってほしいだけなのだ。

築城が知る彼は、いつも人の輪の中心にいた。整った容姿と優秀な頭脳で周囲を惹《ひ》きつけ、自信に溢《あふ》れた表情で笑っていた。

あのころのように医療に携《たずさ》わってくれることを願っているのだと、どうしたらわかってもらえるだろう。

表面だけを取り繕ってひた隠している内側が崩れていくのを、こうやってただ見ているだけなど我慢できない。


二日後、日下と当直が重なった。

急患は少なく、深夜を過ぎてからはまだ救急車の搬送もない。

人気《ひとけ》のない医局のソファで雑誌を捲っていると、発熱で飛び込んできた幼児の診療を終えた日下が戻ってきた。

部屋の隅にあるコーヒーメーカーにカップを持って近づいたが、少し考えて思い直したように隣の冷蔵庫から野菜ジュースを取り出す。胃でも痛むのだろうか。

どうやって話を切り出そうか、築城の考えはまだまとまっていなかったが、もうそんな悠長な場合ではないのかもしれない。

「……日下さん」

「ん？　築城も飲むか？」

もうひとつジュースのパックを取り出して、築城に向かって投げてくる。なにげない風を装っているのが痛々しい。

日下はストローを挿《さ》して口にしながら、築城の向かい側に座った。蛍光灯の明かりの下、背中をソファに預けて首だけを俯けた顔は、陰影に沈んだ部分が青白いほどだ。

一昨夜、剛から詰《なじ》られたショックが尾を引いているのかと思ったら、見ている築城まで胸が苦しくなってくる。

胸の痛みを堪え続け、投げつけられる理不尽な怒りまで受け止めて抱えようとする。それを誰かに打ち明けることはおろか、気取られることさえ避けて、なにもないように振る舞って——。

助けは必要ないのか？　そんなはずはない。

仮に日下が甘んじて受け入れているのだとしても、そんなものは間違っている。

いや、存在しない罪の罰を受けている日下を見ていることに、築城が我慢できないのだ。

「日下さん――」

「そうだ。おまえに話があった」

ふいに顔を上げた日下に、築城は目を瞠《みは》った。

もしかして話してくれる？　自分に助けを求めてくれるのだろうか。

それならば、どんなことでも協力しよう。彼が自信を取り戻してくれるなら。

しかし日下の口から出てきたのは、まったく関係のない話だった。

「ナースたちがぼやいてたぞ。あまりにも愛想がなさすぎるって。べつに媚《こび》を売る必要はないけど、むだに軋轢《あつれき》を生むような態度は取らないほうがいいんじゃないか？」

気をつかっているのか、躊躇うように言葉を繋《つな》ぐ日下に、築城は膝《ひざ》の上で組んだ指を握りしめる。

この人はなにを言っているのだろう。今は築城のことなど気にしている場合ではないだろう。

大方看護師たちに泣きつかれて、仲介役を買って出たのだろうが、自分には直接関係のない他人が責められることにすら、日下が気を揉《も》んで脅えているように思えた。

腹立たしさに、胸がむかつくような不快感を覚える。それが、日下へよけいな気がかりを持ち込んだ看護師たちに対するものなのか、自分の中で消化できないくせに、なんでも受け入れて耐えることで収めようとする日下の態度になのかわからない。

「……なにを言ってるんだ、あんたは」

絞り出した低い声に、日下は顔を強張《こわば》らせた。それでもぎこちない笑みを作って、築城に言い聞かせようとする。

「同じ場所で仕事をしてる仲間じゃないか」

「周りでどう思われようと、べつに痛くも痒くもない。やるべきことはやってるし、あんたが気にすることじゃないだろう？」

「それは違う。ドクターとナースは信頼し助け合うものだ。どちらが欠けても医療として成り立たない」

だけどあんたは、ひとりで抱え込もうとしてるじゃないか！

正論を振りかざす日下に、築城はどうしようもなく苛立った。

それが自分の背負うべき責任なのかどうかの判断もつかなくなるほど苦しんで、抜け出せなくなって、言いなりになることで贖おうとしているくせに。間違いに気づかず、自分が壊れそうになっていることにも気づかず――。

「だからあんたみたいに、表面上だけでもニコニコしてあしらっておけって？」

「築城――」

凝視する日下を睨みつけた。

「自分のほうこそ、誰も信じてないだろう？　上辺だけ取り繕って、誰とでも事なかれで。内側はぼろぼろになってるくせに」

口にしながら、自分の切り出し方がひどくまずいものなのに気づく。日下の顔色が紙のように白くなっていくのを見つめながら、それでも言葉は止まらなかった。

「あんな言いがかりを真に受けて、自分を責めて。本当に納得してるのか？　自分の責任だと思ってるのか？」

「……どうして……」

震える掠《かす》れ声が洩れる。

築城の言葉が剛との確執を指しているのだと気づいたらしく、過去の経緯《いきさつ》まで知られていたことに愕然《がくぜん》としているようだ。

しかし脅えたような表情の中に、ほんのわずかではあったが、これまでの作り物ではなく人間らしい生の感情が浮かんでいるような気がした。見ているほうが苦しくなるような痛みを堪える顔は、築城の胸まで苦しく切なくさせたけれど。

「日下さん……」

思わず手を差し伸べたくなって立ち上がるが、日下は息を呑《の》んで身をすくめた。

違う。責めたいのではない。

日下を救いたいのだと、どう伝えればいいのだろう。

自分の不器用さに拳を握りしめながら一歩踏み出すと、日下は耐えきれないというようにソファを離れる。後退《あとずさ》る身体を追いかけようとしたが、ふいに鳴り響いた内線電話に、互いの間に張りつめていた緊張の糸が切れた。

駆け寄って電話を取った日下は、築城に背を向ける。

「はい。……わかりました。今行きます」

短い応答の後で受話器を置くと、日下は逃げるように医局を出て行った。


病棟を回診していた日下は、病室を出たところで、通路の向こうに長身の影を見つけて立ち止まった。

築城……。

向こうも日下の姿に気づいたらしい。歩が速まり、距離が縮む。

日下は踵《きびす》を返して、手近の階段を駆け下りた。

三日前の夜に詰め寄られて以降、築城を避けている。同じ病院に勤める医師同士、しかも内科医と外科医として、同一患者を担当してもいるから、どうしたって完全に無視することはできない。カンファレンスなどでは極力冷静に言葉を交わすけれど、それ以外の場所で対峙《たいじ》する気にはなれなかった。

あのときの築城は、日下に憤っていた。

たしかに過去を引きずってぐだぐだになっている奴が偉そうにもっともらしく説教をすれば、言い返したくもなるだろう。

……やっぱり知ってたんだ。

一度はそうではないかと疑ったものの、半月以上もなにも言わなかったから、帝都大時代の自分のことなど知らなかったのだと思い直していたのに。

そうではなかった。口にしなかったのは、ただ単に話題にするほどの意味もなく、築城自身が日下の過去に興味も持っていなかったからだったのだ。

……いや、違う。

階段の途中で、日下は足を止めた。

『あんな言いがかりを真に受けて――』

あの言葉は、剛とのやり取りを指しているに違いない。ということは、剛に責められていることを、築城は知っていることになる。桐生家を訪問し、剛に門前払いを食らわされていることを――。

まさか、見ていた……？　どうして――？

わざわざ自分の時間を割《さ》いて日下を追ってくるなど、ふつうならありえない。

そう考えると、これまで話題にせず知らない振りをしていたのも、日下の様子を探っていたのではないかと思えてくる。

初日に顔を合わせたときの、日下を射貫《いぬ》くようにじっと見つめていた目。

カンファレンスの席上で、Xpを指し示して説明しながらスタッフを見回したときに、ひとりだけ日下のほうを向いていた視線。

そうだ。言葉はなくても、築城の眼差しはいつも意味ありげに日下を見ていた。

ぶるりと震えた手で、壁にしがみつく。

なにが目的なのだろう。

築城もまた、自分を糾弾《きゅうだん》するつもりなのか。

しかしあの夜の築城の怒りは、それともまた違うような気がする。

日下は戸惑いの視線を宙に泳がせた。

『本当に自分の責任だと思ってるのか?』

桐生の死は、日下自身に関わりがないと言っているのだろうか。

エチオピアの農村での医療活動は、プレハブ小屋とテントで行われた。電気は自家発電で、緊急を要する外科手術などにもっぱら使用されるような状況であり、当然まともな検査機械などはない。

重篤《じゅうとく》患者は設備の整った首都アジスアベバの病院へ送られる。

伝染病や疫病《えきびょう》も懸念《けねん》されるので、スタッフも定期的にそちらへ赴《おもむ》いての健康診断が義務づけられていた。

しかし多くの患者が訪れる毎日では、往復一日がかりの定期健診を受ける暇もない。場所柄特に消化器を専門とする桐生は引っ張りだこで、昼といわず夜といわず押しかける患者に対応していた。

初めての赴任地ということもあって、桐生も張りきっていたのだろう。しばらく健診を受けていないことを注意したのだが、

『日本で嫌って言うほど検査も予防もしてきた。心配ないよ』

と笑って返され、日下も忙しさにかまけてそれきりにしてしまったのだが――。

気になり出したのは、空咳《せき》が頻繁《ひんぱん》になってからだった。風邪《かぜ》かと思われたが、他の症状はないと言う。

しばらくして、患者が途絶《とだ》えた真夜中に打ち明けられた。手にしていたマスクには、血痰《けったん》がこびりついていた。

『まさか自分がっていう気持ちが強くて放っておいたんだけどな……明日、検査に行ってくる』

日下は震えを堪えて、頷くしかなかった。

まさかという気持ちは、日下自身も持っていなかったとは言えない。

自分がもっと強く健診を勧めていたら、ここまで放置されることはなかった。

肺ガンの初期は無自覚であることが一般的で、なんらかの症状が出始めたころには、相当進行

していると考えていい。

『そんな顔するなよ。まだ俺だって諦《あきら》めてないんだからさ』

苦笑して日下の肩を叩《たた》く桐生に、なんと答えたらいいのかわからなかった。

翌日、桐生は戻ってこなかった。帰国の措置《そち》が決まったと知らされたのが三日後。一週間後には、新たな医師が補充された。

そしてわずか三か月後に、桐生が病没したとの知らせが、地球の裏側から届いた。

あまりにも苦い記憶を脳裏に浮かべた日下は、喉《のど》を震わせながら深く息をつく。

これでも築城は、日下に責任がないと言えるのだろうか。

たしかに法的にはなにも抵触しない。けれどそばにいながら、しかも呼吸器を専門とする医師でありながら、また親友と認めながら、桐生の病《やまい》に気づかなかった自分に罪はないのだろうか。

医療に恵まれない人たちを助けるなどと、たいそうな意義を掲げていても、身近な人間の危機に気づいてやれなかった。なんの手も差し伸べられず、命を終わらせてしまった。

そんな自分の臨床医としての能力に疑問を感じ、日下は帰国を願い出た。

臨床から退くつもりで大学院へ入り、がむしゃらに勉強をした。直接患者と関わらないことが、桐生を死に至らしめてしまった自分の償《つぐな》いだと思った。

しかしあるとき国内線の中で、喘息《ぜんそく》の発作に見舞われた親子と居合わせた。携帯の吸入薬が効かずに苦しむ子供に、居ても立ってもいられなくなった日下は、診療の名乗りを上げた。

そして、やはり自分は患者を診る医師でありたいのだと再確認し、二度と患者に無為な死を招かない覚悟で復帰を決めた。勝手な言い分かもしれないけれど、患者を救い続けることで、親友への償いとしたいと考えたのだ。

けれど、患者を救い続けること——すなわち万全な治療を施すということは、並大抵ではない。対峙した患者すべての自己申告以外の病の影にまで、注意を張り巡《めぐ》らすことになる。強迫観念にも似たそれに、自分自身の神経がすり減っていくのが感じられた。

日下は深く息をつき、階段の踊り場の壁に高く切り取られた窓を見上げた。青い空と白い入道雲のコントラストが目を射る。

だがそれで患者が完治するならば、日下自身の裏の労力などなにほどのことだろう。

もちろんそんな日下の心の経緯は、あえて伝えることでもないから誰も知らない。おっとりと柔和な内科医として、スタッフにも認識されているようだ。

それなのに——。

揺るぎない強い視線と大きな手が目の前にちらついて、思わず日下は自分を匿《かくま》うように肩を掴んだ。

突然現れた男が、日下を暴《あば》こうとしている。日下自身がひとりで耐えていればいい秘密を突きつけて、このままでいいのかと迫るのだ。

……どうしろって言うんだ……。

桐生の病を見過ごしたのは、たしかに日下なのに——。


「俺は反対だ」

カンファレンスの場で、築城は首を振った。

患者は七十二歳の男性。転倒による肋骨骨折《ろっこつこっせつ》で入院し、ＸｐとＣＴの際に肺の影を確認した。その後、腫瘍《しゅよう》マーカーなどの測定によって、初期の肺ガンと診断された。

幸いなことに、まだ本人には自覚症状もない。今ならば根治治療も可能だろう。

今度こそは、決して手遅れにさせない——。

日下にとっては、この患者を救うことで自分が一歩進めそうな気がしていた。

それなのに、手術を提案した日下に、築城は異を唱えている。

「この患者は、狭心症《きょうしんしょう》の既往があるじゃないか。若くもない。それに以前結核治療をしてる。術後の肺機能を考えてるか？」

「肺活量の予測値は微妙だけれど、腫瘍の部位はＣＴで明らかだ。まだ小さい。摘出《てきしゅつ》が厄介《やっかい》な手術じゃないはずだ」

「リンパ節転移もないんだろう？　この条件なら化学療法で——」

「なにを言ってるんだ！」

思わず日下は机を叩き、叫んでいた。その様子に、同席していたスタッフが目を瞠る。ふだんは決して声を荒らげることのない内科医が見せた初めての剣幕に、固唾《かたず》を呑んで成り行きを見守っている。誰もが口を噤《つぐ》み、身動きさえしない。

しかし日下はそれどころではない。

手術が可能で、そうすれば根治できるというのに、病状を見守りながらの治療なんてのんきなことを言う簗城が信じられなかった。そうこうしているうちに手遅れになったらどうするというのか。

不安を押し隠すようにして微笑《わら》った桐生の顔が、脳裏に浮かぶ。なにも言えなかった、あのときの自分のやりきれなさも。

あんなことがまたあったら、俺は……。

消えることのない後悔に、日下は震える手を隠してペンを握りしめる。

「本人も家族も、手術の是非は任せるということなんですよね」

遠慮がちに他の外科医が口を添えた。

日頃の簗城に対してみな含むところがあるせいか、日下の手術推奨《すいしょう》案に場の雰囲気は傾いている。

「今なら体力だってあるし、確実な治療ができるじゃないか」

周囲の同意に、やはり自分の判断で正しいのだと力を得て、日下はさらに言葉を募らせた。

孤立無援でありながら、築城は落ち着き払った表情でこちらをじっと見つめている。その目は、日下の心の中まで見透《みす》かすようだった。一刻も早くガンを取り除かなければと、焦《あせ》り脅える日下の内心を――。

……なにが言いたい？　俺が間違ってるとでも言うのか……？

狼狽《うろた》えそうになる日下を映すその目が、哀《あわ》れむように細められた。

「絶対確実な医療なんてものが、あると思ってるのか？」

その発言にスタッフがざわめく。

ある意味真理であり、自らを過信しないためにも、心に留め置くべきことではある。しかし同時に、患者の治療を職務とする者として、口にしてはならないことでもあった。

スタッフにしてみれば、自分たちの能力を見下されたようにも感じられただろう。

「築城先生、それはどういう意味ですか？　それじゃまるで――」

「思うままを言っただけだ」

たまりかねたらしい看護師が食ってかかるが、築城は動じることなく肩をすくめただけだった。

「胸腔鏡ならともかく、どうしても開胸手術をするって言うなら、好きにすればいい。ただし俺は賛成じゃないから、手術も担当できない」

そう言い捨てて席を立つと、呆然《ぼうぜん》とする周囲を後目《しりめ》に築城はドアの向こうへ消えた。

「……なんなの、あれ」

ゆっくりと閉じたスライドドアを見つめたまま、看護師が呟《つぶや》く。

しかし日下は、今しがたの築城の言葉を反芻《はんすう》していた。

『絶対確実な医療なんてものが、あると思ってるのか？』

それはどういう意味だ。

まるで、どう手を尽くしてもこの患者は助けられないと予言されたようで、日下はペンを握りしめていた指先を小刻みに震わせる。

……そんなはずはない。

検査結果はどれもⅠ期の肺ガンで、適切な治療を施せば充分な効果が現れるはずだ。その中でも特に確実な、腫瘍そのものの摘出を考えているのだから、これはいちばんの治療法のはず。念を入れてリンパ節の確認もしたいから、開胸手術を選択している。

自分は間違っていない。これは正しい判断だ。

一様に困惑の表情を浮かべるスタッフを見回し、日下は宥《なだ》めるように微笑した。

「病巣を確かめて根治するためにも、予定どおり開胸したいと思います。執刀は久世《くぜ》先生お願いできますか？」

「あ……はい」

返答した外科医に頷きを返し、日下は手術計画の詳細を詰めていく。

だいじょうぶだ……患者は救える。

そのために最良の治療を考えているのだから――。


「日下先生！」

翌週、診療中の日下の元に、手術室控《ひか》えの看護師が飛び込んできた。開胸手術中の件《くだん》の患者の容態が急変したという。

椅子《いす》から立ち上がった瞬間、視界が暗くなりかかり、デスクに手をついて深呼吸をした。

「詳しい容態は？」

手術室へ向かって走り出した日下の後を追いながら、看護師は首を振る。

「それが、はっきりとは……とにかく日下先生にお知らせするようにと」

らちの明かない答えに、階段を駆け上がりながら歯噛みする。

術前の心機能検査では、これといった問題は見つからなかった。脈拍も安定していた。

どうしてこんなときに……。

背中を冷たい汗が流れ落ちていく。

なにがいけなかった？　慎重に準備を進めてきたはずだ。ほんの一時間ほど前に手術室へと向かう患者を見送ったときも、ごくふつうだったのに。

階段を上りきり、突き当たりの手術室を目指していると、交差した通路から突然飛び出した影が、手術室に駆け込んでいった。

……築城——。

築城にも異変が知らされたのだろうか。あのカンファレンス以来、この件に関しては部外者を決め込んでいた築城が手術室に向かったことで、日下の不安と焦りはピークに達した。

力の抜けそうな膝で必死に手術室へと辿《たど》り着くと、そこは戦場のような騒ぎだった。

「次、行くぞ。離れて！」

麻酔医が除細動器《じょさいどうき》のパドルを患者の胸部に押し当てた。放電の衝撃で患者の身体が跳ねる。

「VF《心室細動》継続です！」

心電図のモニターを食い入るように見つめていた看護師が首を振った。

「ジュール上げろ」

……VF——？

状況を把握した日下は、硬直して立ち尽くした。

三度目のショックでもVFは戻らず、取り巻くスタッフの顔に焦りの色が濃くなる。

「開胸器用意しろ！」

突然目の前を、グローブを装着した築城が叫んで通り過ぎていった。

「どけ！　なにをぼーっと突っ立ってんだ」

患者を囲んだスタッフを脇に移動させ、築城は患部に手を伸ばす。

患者は後側方開胸で左側の肋骨第五～六肋間を開かれていたが、さらに切り広げているらしい。

「もっと引っ張れ。そう……久世、そこ切れ」

「心嚢《しんのう》ですよ？　本気ですか」

「早くしろ！　止まってんだから、動かさなきゃ始まらないだろうが」

築城の手の中に、赤く濡《ぬ》れた臓器が見える。

開胸心マッサージ……？

築城は今、患者の心臓を直接手のひらで刺激し、循環を確保しているのだ。

「伊東《いとう》先生が医局にいるはずだ。連れてこい」

じっと手元を見つめたままの指示に、看護師が踵を返す。

「日下先生」

築城の視線は相変わらず一点に向けられており、自分を呼んだとはとっさに気づかなかった。

「見学してるだけなら出てってくれないか。指示くらい出せるんだろ」

「あ……エピネフリン一ミリグラム静注」

すかさず麻酔医が患者の左腕に静脈注射をし、腕を掲げたままキープする。

日下はぎくしゃくと近づいて、眼前に広がった光景に目を瞠った。

開胸してあったとはいえ、循環器の専門医でもない築城が自ら進んで開胸心マッサージを試みたのは、驚くべきことだった。

「……経験はあるのか？」

「いや。でも、これしかないだろう」

そのとき、ピッと心電図が波形を描いた。続けて定期的なリズムが刻まれ始める。

「心拍再開しました！」

あちこちからため息が洩れる中、手術室のドアが開いて、循環器外科医の伊東が駆け込んできた。

「蘇生《そせい》したのか？」

看護師にガウンを着せかけてもらいながらグローブを装着し、目を見開いて訊ねる。

「ああ、なんとか。替わってください」

「了解。驚いたな」

術部を覗《のぞ》き込みながら、伊東は感嘆の声を上げた。

「度胸ありますね、築城先生」

バイタルが安定したのを見計らって、伊東は心嚢の縫合《ほうごう》を始めた。

「開いてるんだから、直接マッサージするのがいちばんいいでしょう。久世、どうする？」

キャップに汗をにじませて術部を凝視していた久世は、はっとしたように目を上げる。

「CTどおり、進展はここまでだ。リンパ節含め転移も見られない。部分切除だけでいけるぞ」

「あ……はい」

それでも久世は心停止のショックから抜け出せないらしく、続行を躊躇っている様子だった。やがてその目がすっと術部から逸らされる。

「……すみません。築城先生お願いできますか？」

緊急事態が去って、看護師にガウンとキャップを装着してもらっていた築城は、久世を見つめてわずかに目を細めた。

「心停止はおまえのせいじゃない」

メスを要求しながらその視線が斜め向かいにいた日下に移り、日下は築城が手にしたメスで切り裂かれたような気がした。

……俺のせいか……。

築城の反対を聞き入れずに開胸手術を決行したのは、たしかに日下の判断だ。けれど患者自身の了承も得ていたし、術前の検査も念入りに行った。なにより患部を実際に見ることで、確実な治療ができるはずだった。

いや……患者の命を危険に晒《さら》しては、本末転倒だ……。

白衣のポケットでPHSが振動する。外来からの呼び出しに、日下はよろめくように術場から退いた。

肺ガンの患者はＩＣＵでの術後管理に入ったが、容態は安定している。心停止は三分に満たず、今のところその影響は見られない。

蘇生の際に術部が拡張したため、本来よりも大きな術創となったが、予定とそう変わりない時間で完治するはずだ。

病理の結果は後日になるが、ひとまずは無事に成功ということになるのだろう。

ＩＣＵから出てきた日下は、夜間のひっそりとした通路で、深いため息をついた。このまま床にへたり込んでしまいそうなほどの虚脱感だった。

手術室から外来に戻り、なんとか気力を振り絞って診療と午後の検査をやり遂げたが、ともすれば逃げ出したい衝動に駆られた。

また、命を消してしまうところだった——。

あの場に築城が駆けつけてくれなかったら、そして開胸心マッサージという思いきった処置をしてくれなかったら、患者はあのまま亡くなってしまったかもしれない。たとえ蘇生できても、後遺症の残る結果にしてしまっただろう。

『本人も無意識のうちにストレスを感じていたのかもしれませんね』

先ほど洵に報告したときに、そう言われた。

患者の手術に対するストレス——。

何度となく患者に病状と手術の説明を繰り返しながら、それを見抜けなかった。患者の気持ちをくみ取るように努めよう、どんなサインも見逃さないようにしようと肝に銘《めい》じていたつもりで、けっきょくは検査の数字ばかりを当てにしていたのだ。

ガンを取り除くことばかりに意識が向いて、それをやり遂げれば患者を救えると思い込んでいた。

洵は患者が助かったことを喜び、日下を咎《とが》めることもなかったが、自分の判断が間違っていたことを認めないわけにはいかなかった。

やっぱり俺には、医者の資格なんてないのかもしれない……。

今回、桐生と同じ肺ガンだったことが、日下に強迫観念に近いものを抱かせた。この患者を救えなかったら、もう二度と臨床に復帰することはできないと思った。

『ヤブ医者』

剛の罵倒と日下を睨む顔が脳裏に蘇《よみがえ》り、胃がきりきりと悲鳴を上げる。背中を丸めてしばらく痛みに耐え、日下は歩き出した。

更衣室のドアの前で、ちょうど出てきた久世と鉢合《はちあ》わせた。

「あ……」

日下を見て、久世は狼狽えたような表情になる。

「あの……今日はすみませんでした」

なにを謝っているのだろう。久世は日下の指示に従ったに過ぎない。責任はすべて自分にある。

「いや。俺が患者をフォローできてなかったんだ」

「いいえ、そうじゃなくて。俺……オペを続行する勇気がありませんでした。患者は俺を信じて身体を預けてくれてるのに……あれ以上手を出せなかった……」

「久世先生……」

自分の判断が久世にまで及ぼしたショックの大きさを、日下は改めて思い知った。謝らなければならないのは、自分のほうだ。

「きみのせいじゃない。築城先生もそう言ってただろう？」

「いいえ、自分が情けないです。頭の中が真っ白になって、一瞬なんの対応もできなかった……築城先生たちが来てくれなかったら、どうなってたか……」

この若い医師まで巻き添えにしてしまうところだったことを、日下は激しく後悔した。

「とにかく患者は無事だったんだ。俺たちにできることは、今日のことを教訓にして精進《しょうじん》することだけだ。……早く帰って休むといい」

「……はい。お先に失礼します」

久世の背中を見送りながら、もっともらしいことを言っていると自嘲《じちょう》して唇を嚙みしめた。

立ち直れないのは自分のほうじゃないか。

更衣室に入り、ロッカーの前で白衣を脱いでいると、ふと反対側のロッカーのひとつに、鍵が挿さったままなのが目に入った。

……築城の……。

抜き忘れたのだろうか。

そういえばけっきょく築城とは顔を合わせず終《じま》いだった。

久世に「おまえのせいじゃない」と言いながら日下に巡ってきた視線に、責められているような気がした。あるいは、反対を聞き入れずに開胸手術を決行して、あんな事態を招いた日下を呆れているような。

身支度《みじたく》を済ませた日下は、築城のロッカーの鍵を抜いて更衣室を後にした。

とにかく今日の礼は言わなくてはならない。

築城は日下にどんな態度を取るのか——おまえのせいで患者が死にかけたと糾弾されるだろうか。それとも満足な治療方針も立てられないと嘲笑《あざわら》うだろうか。

しかしなにを言われようとも、患者のコンディションを見誤っていたのは日下の責任なのだ。今回の手術には関知しないと言っていた築城の手を、最終的には借りて助けてもらったのだから、きちんと礼は尽くさなければならない。

……これから行ってこよう。いや、行かなくては——。

日下は唇を引き結び、手の中のカギを握りしめて更衣室を後にした。


自宅に帰り着いた築城は、熱気の籠《こ》もったリビングのエアコンを稼働させると、室内が冷えるのを待つ間に風呂《ふろ》を使った。

シャワーを止め、額に流れ落ちた前髪を掻《か》き上げた拍子《ひょうし》に、肘の内側に打ち身のアザができているのが目に留まる。

なんだ、これ……。

指先でなぞると、軽い痛みが湧いてくる。

記憶を辿り、原因に思い当たった。

今日の肺ガンの手術。反対を唱えた築城はメンバーから外れていたものの、既往症を持つ患者と、ますます追いつめられているような日下が気にかかりながら、医局で他の患者の治療計画書を眺《なが》めていた。

総体的な視野を失って、腫瘍を完全に取り除くことばかりに意識を囚《とら》われてしまっているような日下の頑《かたく》なさに苛立ち呆れ、カンファレンスの席では勝手にすればいいと思ってしまったけれど、手術には立ち会うべきだったと後悔していた。

実は手術前の早朝に患者の病室を覗いてみたのだが、患者はもう目を覚ましていた。眠れなかったのかと問うと、

『年寄りは朝が早いんですよ』

と笑っていたが、やはり緊張していたのだろう。それでもまさか発作を起こすほどのストレスを感じていたとは、築城も思っていなかったのだが。

医局の内線電話が鳴り、受話器を取った築城は、慌てふためく看護師の声に眉根を寄せた。

『日下先生はいらっしゃいますか？』

今の時間は外来だろうと返すと同時に電話は切れて、築城はすぐに手術室でアクシデントが発生したのだと察した。

医局を飛び出した際に、ドアに激しく腕をぶつけて舌打ちし、しかしそのまま手術室まで疾走《しっそう》したのだった。

浴室を出て身体を拭《ぬぐ》い、肘に消炎スプレーを軽く吹きかけておく。

日下はどうしただろう。もう帰宅しただろうか。

手術室に辿り着いたのは日下と前後していたが、すでに患者の心臓が止まっていて、ひと言も交わす間もなく蘇生処置に追われた。

日下が真っ青な顔で愕然としているのが目に入ったけれど、築城自身も開胸心マッサージという細心の注意を払う処置に没頭し、他のことにかまけている余裕はなかった。なにしろ初めての

処置だったのだ。本来ならば、外科的トレーニングを必要とする施術である。

しかしこの患者を救えなかったら、日下はきっと壊れてしまう。開胸手術を断行したのも、桐生を亡くしたトラウマが原因なのは明らかだった。どうしても患者の身体からガン細胞を一掃《いっそう》して、完治させたかったのだろう。

必ず蘇生させてみせる、そう思いながらマッサージを続け――。

ほどなく心拍が再開して手術を続行しようとしたが、心停止にショックを受けた久世から、執刀を替わってほしいと頼まれた。たしかに不運な出来事だったが、心停止は久世のせいではない。久世にはそう言い聞かせ、同じように自分を責めているだろう日下にも視線を向けると、日下はビクリと身を震わせた。

まさかなにか誤解したのだろうかと気にはなったが、すでに築城はメスを手にしていて、そんなことを説明している暇はなかった。術場が落ち着いたことで、日下も外来へと戻ってしまった。

その後、日下を捜して話をしようとしたが、緊急手術の招集も重なり、日下の姿は見つけられず――。

リビングのソファに座り、濡れた髪をタオルで擦りながらミネラルウォーターのボトルに口をつける。

冷えた水が喉を滑り落ちていく清涼感にも、眉間《みけん》の縦《たて》じわは消えずため息までがこぼれる。

やはり今日のうちに話をしておけばよかったと後悔していた。

手術室で築城の視線を受けて唇を震わせていた日下が、今ごろどんな気持ちで過ごしているかを考えると、心停止は最悪のアクシデントであって、日下の治療方針が引き起こした必然の結果ではなかったのだと、はっきり伝えておくべきだったと思う。

ガンを治すことに必死になっていた日下と、すでに治療方針で対立していた築城が、緊急の場に飛び込んで救命し、さらに執刀まで交替してしまっては、今の日下なら自分の判断が間違っていたのだと、自責の念に苦しんでいることは想像するまでもないのに。

結果として手術は成功し、徹底的にガンを取り除きたいという日下の目的は果たしたことになるが、過程を振り返れば日下が満足しているとはとうてい思えなかった。

むしろ日下は悔《く》やんでいる。きっと自分の目がガン治療だけに向いてしまっていたことに気づき、心停止まで自分のせいだと思っているだろう。

築城は唸《うな》るようなため息を洩らし、自分の対応のまずさに歯噛みした。

日下を責めたいなどと思ったことは一度もないのに。それどころか、剛の言葉を真に受けて桐生の死を自分の責任だと思い込み、悩み苦しんでいる彼を解放したいと思っているのに――。

まったく……自分が嫌になる。

自分が口下手で愛想のないことは承知の上だ。日下に対して、一度だって友好的な態度が取れなかったこともわかっている。

おそらく日下は、築城が自分のことを快く思っていないと感じていることだろう。

その上、出身を同じくする築城が自分の過去を知っていて、さらに今も剛に糾弾されていることまで暴かれてしまい、そんな日下を築城が責めていると思っている。

違うのに……。

日下を救いたいのだ。自分自身を縛りつけてしまった糸を、引き解いてやりたい。

信頼と憧憬を一身に受けていた優秀な医師として復活してほしくて、日下のそばにまでやって来たのだ。

自分の能力を疑い、自信を喪失して脅えている日下なんて見たくない。あまりにも痛々しくて、築城まで胸が苦しくなる。

日下さん……。

手にしていたペットボトルが、大きな音を立ててへこむほどに握りしめてしまう。

ひとりで悩み苦しんでいるくせに、上辺だけの貼りつけたような微笑を見せられると、そのほっそりした肩を引き寄せて、力いっぱい抱きしめたくなる。

ほんのわずかでもいい。築城を頼ってくれたら——愚痴《ぐち》でも八つ当たりでも吐き出してくれたら、必ず受け止めてみせるのに。

あんなつらそうな顔は見たくない。もう、させたくない。

日下が心から笑ってくれるなら、自分はなんだってするだろう。なにをすればいいのか、誰か知っているならどうか教えてほしい。

そこまで思って、簗城は自分の思考に呆然とした。

なにを考えてるんだ、俺は……。

日下を立ち直らせたいのは、医師としての能力を惜しんでいたからだったはずだ。

しかし今の自分は、まるで日下自身を守りたいと切望しているようではないか。彼を取り巻くすべてのものから庇《かば》いたいと思い、彼の心からの微笑みを願って——。

……そんな……それじゃまるで……。

日下に対し、特別な感情を持っているとでもいうのだろうか。日下は同僚の医師で、第一同性だ。簗城はこれまでの人生で男に惹かれたりしたことはないし、そんな性質が自分にあると感じたこともない。

いつの間にか簗城は立ち上がり、リビングを歩き回っていた。

いったいいつから？　まさか、帝都大病院で初めて見かけたときからだろうか。いや、あのときはただ姿のいい男だと思ったくらいだった。むしろ注目したのは、それ以外の部分だったはず。その後、日下の群を抜いた優秀さを知り、さらに海外派遣医という崇高な理念と行動力に感嘆して、憧憬を強くしていったのは事実だが——。

しかし、失意のままに帰国した日下のことが気になってしかたなく、ついにここまで追いかけてきてしまったのは、憧れの存在に立ち直ってほしいという気持ちだけだったのだろうか。

……恋愛感情——なのか……？

自覚というには確信が持てず、しかしこのこだわりには他の理由が当てはまらなくて、築城は自分らしくもなく戸惑う。

そこへ突然チャイムの音が鳴り響いた。

遅い時間の来訪に、築城は不審に思いながらもインターフォンを手に取る。

成和病院に着任すると同時に借りたマンションを、少数の友人知人を除き知る者はいない。その彼らにしろ、築城が不規則な勤務時間で動いているのを知っているから、連絡もなしに訪れることはなかった。

「はい?」

受話器の向こうで、躊躇うような吐息が聞こえる。

『……日下だ。夜分にすまない』

誰だ……?

まさかの声に築城は慌てる。

「今、行く」

どうして日下がここへ? 成和病院から歩いて来られる距離だが、場所は知らなかったはずだ。

もちろん、緊急連絡先の一覧は各自持っているから、調べようとすればわけもないことだけれど。

風呂上がりの築城は、まだ薄い綿のカーゴパンツを穿《は》いただけの格好だった。Tシャツを着ようと手を伸ばしかけたが、それよりも早くドアを開けなければならない気がして、肩にタオルを引っかけたまま玄関に向かう。

日下に会わないまま帰宅してしまったことを、後悔していた矢先だ。そこに日下のほうからやって来てくれたなら、誤解を解くチャンスだった。

逸《はや》る心が手元をおぼつかなくさせ、ガチャガチャと音を立てながら解錠してドアを開くと、夏の夜の生ぬるい大気の中に、きちんと上着まで着た日下が立っていた。

姿を見た瞬間に不可思議な緊張に見舞われて、今しがたまで考えていたはずなのに、なにを言おうとしていたのかすべて消し飛んでしまい、ただ日下を凝視する。

——ああ……

これまでの混乱が霧散し、はっきりと自覚した。自分はこの人を愛している。

尊敬もしている、憧憬も持っている。しかし彼の姿を目の当たりにした今、それ以上に築城の心を占めるのは、日下が愛《いと》しいという気持ちだった。

「……日下さん……」

困惑しているような顔の日下を、じっと見つめる。

はっきりと言わなくては。

自分がどれほど日下を気にかけ、今の迷いから救い出したいと思っているか。

なぜそうしたいと願うのか、今気づいたばかりの、その理由も。

——あんたが好きだから、力になりたいんだ。

いつもうまく伝えられなかった自分の気持ちを、今こそちゃんと打ち明けたい。

築城の呟きに、日下はかすかに肩を揺らしてぎこちない微笑を浮かべたが、すぐに視線を泳がせ始める。

「あの……今日はありがとう。築城先生が来てくれて、本当に助かった……」

小さな掠れ声。

こんなことを言いに来るのは、自分の治療方針が不完全だったと認めることになる。それが今の日下にとってどれほどつらいことか、想像に難《かた》くない。

ガンを完治して患者を救うことを第一に考えていながら、患者の命を危険に晒した。自分の思い描く結果とは真逆に進みそうになった一瞬に、絶望を味わったことだろう。

今だってきっと激しい後悔と自責の念に襲われているはずで、それなのに作り物の笑みを見せる日下が、痛々しくてならない。

しかし生真面目《きまじめ》な内科医は、自分がどんなに苦しもうとも、責任はすべて自分にあると思い込んでいる。偶発のアクシデントさえも。

そんな日下だから、剛の難詰《なんきつ》にずっと囚われているのだろう。

築城はなにも言えなかった。

どうすれば、この人を救える――？

「……あ、それからこれ――」

小さなカギをつまんだ指先が差し出される。

「ロッカーに挿しっぱなしになってた。不用心だから、施錠してきた」

受け取ろうとしない築城に、日下は伏せていた目を上げた。

戸惑いの表情。少しずつ寄せられていく眉根の下で、脅えているような瞳が揺れる。

気がつけば、小刻みに震えていた手をカギごと摑んでいた。

「築城……っ」

引き抜こうとする手をいっそう強く握りしめ、自分のほうへ引き寄せる。日下はよろめくように玄関の中へと足を踏み入れた。

「……話がある」

手を放したら日下が逃げてしまいそうな気がして、閉じたドアを施錠し、もう一方の手で薄い肩を摑んだ。

「わかったから……放してくれ」

日下が自分を畏《おそ》れているのはわかっていた。きっと手ひどい言葉で詰られると思っているのだろう。

それでも受け止めることが自分の罰だとでも考えているのか、観念したように靴《くつ》を脱ぎ始めた。

リビングのソファに向かい合って座り、どう切り出したものかと思案する。

これまでの築城の言動は、ことごとく日下を否定するものと受け止められてしまっていた。

たしかに最初は日下の態度に憤りや歯痒さを感じて実際きついことも言ったし、元来口下手な自分の言い分が本意を伝えきれていなかったことも認める。

だからこそ今ここでうまく話さなければ、日下をさらに追いつめることになってしまう。きっと日下は今、これまででいちばん苦しんでいる。

「……築城の言うとおりだった……」

ふいに聞こえた声に、築城は顔を上げた。

「開胸手術はするべきじゃなかった。俺が間違ってた……」

伏せた睫《まつげ》がかすかに震えている。

だから、そんなふうに自分を責めてほしいんじゃない。

「判断力が鈍ってるだけだ」

思わず口にした言葉に、日下はビクリとして築城を見る。

築城は慌てて言葉を継いだ。

「だから……あんたがガンを取り除くことを第一に考えていたのはわかってる。そのためなら、開けてみるのがいちばん確実だろう。けど、あの患者は心臓に問題があった。もちろんちゃんと検査もして、手術に耐えられると判断もした。ただあんたは――」

日下の白い頬が、蠟《ろう》のように強張っている。

「そっちにばかり気を取られすぎてた。一刻も早く患者からガンを切り離すことで、頭がいっぱいになってたんじゃないか？」

血の気が失せた唇が、小さく震えている。

言えば言うほど日下の様子は危うくなり、築城は焦りに追い込まれていった。

どう言えばいいんだ……。

「ガンの治療としては、決して間違いじゃない。けれど、患者によって適切な医療のバランスが――」

「けっきょく間違ってたってことだろう⁉」

突然日下は叫び、自分の両膝を握りしめた。

「日下さん！」

「じゃあどうすればよかったんだ？　適切な判断力をなくした俺は、医者を辞めればいいのか？」

「そんなこと誰も言ってないだろ！　俺はあんたに――」

否定したいばかりに負けずに声を荒らげた築城を、脅えた目が凝視していた。

……なんで、そんな顔するんだよ……。

どうしてうまく伝わらないのだろう。なぜ築城が責めていると思うのだろう。

わかってもらえない自分が情けなくて、音がするほど奥歯を噛みしめた。

心が見えるなら、自分の胸を切り開いて日下に差し出したいくらいだ。

日下が苦しみから抜け出して立ち直りたいと願うなら、築城はどんなことをしても助けるつもりでいるのだと。

なんでひとりで我慢ばかりするんだ。誰かに頼ったっていいじゃないか。俺に助けを求めてくれても——。

日下は自嘲するように唇を歪める。

「……おまえの言うとおりだ。俺はあの患者の肺に巣くったガンが怖かった。こうしてる間にもじわじわと増殖を続けて、いつか命を奪うかもしれないと思うと……経過を見ながらの治療なんてできなかった。そうやって待つ時間さえ……恐ろしかったんだ」

「その恐怖の原因が桐生さんの死なら、それはあんたのせいじゃない。よく考えてみろ」

「桐生のことは言うな！」

日下は立ち上がり、耐えきれないというようにリビングを出て行こうとした。築城はその腕を摑んで、日下を背後から羽交《はが》い締《じ》めにする。

「放せ……！」

「いい加減に目を覚ましたらどうだ！」

「なにがだ！　もういい！　資格がないっていうなら、医者なんか辞めてやる！」

日下と揉み合っていた築城は、その言葉に日下の顎《あご》を摑んで、捻《ひね》るように顔を向かせた。

「……本気で言ってるんじゃないよな？」

日下は息を呑んで築城を凝視していたが、弱々しく睨み返して吐き捨てた。

「絶対確実な医療なんて、ないんだろう？　患者を治せないなら、医者でいることは苦しいだけだ」

「いちばんつらいのは患者だろうが！　医者がくじけてどうするんだ」

どうして日下の心を前に向けさせることができないのだろう。

誰よりも優秀な医師だったくせに、見当違いの過去の過失に縛られて。なぜこれからも患者を救っていこうと、そのために力を尽くしていこうと、前向きに考えることができないのか。

「だから、こんな医者はいないほうがいいだろう？　きっとまた判断を誤って、患者を危険な目に遭《あ》わせる。おまえだって、尻ぬぐいさせられるのは迷惑だろう」

投げやりな態度に、簗城の中でなにかが切れた。

言葉の通じない相手と話をしているようだった。

まるで意地になってわかろうとしないような日下の思考を、摑んで引っ張り出して、粉々に砕いてしまいたい。

「わかんない奴だな、あんたは！」

力任せに日下を引きずり、隣室へと連れて行く。

リビングの続き部屋は寝室で、仕切りの引き戸は開いたままだった。後ろ向きに引きずった日下を、ベッドへと放り出す。

背中をシーツにつけたまま、日下は目を見開いて簗城を見上げた。

「……築城……？」

「尻ぬぐいが迷惑だ？　スタッフは信頼し合って助け合うものだと言ったのはあんただろ？　忘れたのか。いや、そう言うあんたこそ、一度だって誰かを頼ったことなんかなかったよな？　いつも外面だけ」

そうだ。どんなことでもしてやりたいのに、俺なんか眼中にもない……。

本当に辞められると思っているのだろうか。

患者を救いたいと誰よりも強く思っていて、医師以外の人生など歩めるはずもないくせに。

——絶対後悔するに決まってる。

しかし日下が今、自分を壊しそうになるほどつらいなら、いっそのことこのまま辞めてしまえばいいとも思う。

医師としての人生を捨てても、自分はそばにいる。仕事なんてなにをしようとも、彼が日下理晶である限り、築城は見守っていく。彼の心に生じた隙間を埋めてみせる。

——愛しているのだ。

そのひたむきな生真面目さも、頑固なまでの潔癖さも、それゆえに傷つく脆《もろ》さも——すべて愛しい。

彼を苦しめるすべてのものから庇い、守ってやりたい。

「助けてって……言えよ」

「………？」

ギシリとベッドを鳴かせて覆《おお》い被さってきた上半身裸の男に、日下は声も出ないようだった。

「逃げ出したいなら逃げればいい。忘れたいなら忘れさせてやる……こうして――」

「つく……しろ……？」

ネクタイのノットに手をかけ、結び目を緩め始めても、日下は瞬《まばた》きもせず呆然と築城を見上げていた。

ネクタイを解き、ワイシャツのボタンを外していく。年上の男はその端正な容貌に見合ったなめらかな皮膚《ひふ》を持ち、築城は指先から伝わる感触に静かな欲望を覚えた。

正直なところ、未だに半信半疑だったのだ。日下に対する気持ちが憧憬を通り越して、恋愛感情としか考えられなくなっても、同性を相手に肉欲まで抱くとは思っていなかった。

だからきっと、これは恋愛ともまた違って、日下に対してだけの特殊な想いなのではないかと考えていたのだが――。

この身体を欲しいと思った。

自分の下で浅い呼吸を繰り返す日下を、強く抱きしめたい。指先で、唇で肌をくまなく辿り、舌で味わいたい。

吐息を乱れさせ、歓喜の声を上げさせ、快感に震えさせてみたい。

身体の奥深く征服して、その熱を感じてみたい――。

ようやく築城の意図を悟《さと》ったのか、日下はワイシャツの裾《すそ》を引き出される段になって、暴れ出した。

「はな、せ……っ」

築城を押し返して逃げるために反転した日下の肩から、上着ごとシャツを引き下ろした。ジャケットは腕を抜けて脱げ落ちたが、袖《そで》のボタンが留まったままのシャツは手首で留まり、日下の動きを妨《さまた》げる。

必死に振り落とそうとする日下の両手首を摑んで、シャツの上からネクタイで手首を拘束した。

「築城……っ、冗談もいい加減にしろ！」

シミひとつない背中を晒して築城を振り返った日下は、今までに見せたことのない怒りの形相《ぎょうそう》だった。

しかしこれまで、その場をやり過ごすだけの仮面のような笑顔や、その辺を歩いている犬にだって向けるような表情ばかりを見てきた築城には、自分だけに向けられた感情の表れに心躍《おど》りさえする。

「冗談……？　あんた、冗談でこんなことされたことある？」

俯《うつぶ》せの日下の背中に、築城はゆっくりと重なった。互いの肌を通して、日下の速い心音が伝わってくる。

首筋に鼻梁《びりょう》を押しつけると、日下自身の匂《にお》いと混じったトワレがほのかに香る。深く息を吸い

込んで、項《うなじ》にくちづけた。

「よせ……っ、こんな……」

強く吸い上げると、腕の中の身体はビクリと硬直する。

柔らかな耳朶《じだ》を舐《な》めねぶりながらシーツの間に手を差し入れ、すべすべとした肌の感触を確かめていると、指先に小さな突起が引っかかった。指の腹で捏《こ》ねるように撫《な》で回すうちに、乳首が堅く突き上がってくる。

それが怖気だってのことでも、単純な肉体の反射でもかまわなかった。自分の動きに日下が反応しているという事実だけで充分だった。

小さな粒を指先で挟み擦ると、それまで息を詰めていた日下は、嚙みしめた歯の間から絞り出すような声を洩らした。

「やめ、ろ……なにを……っ……考えてるんだ……」

「そんなにつらくて苦しいなら……忘れさせてやる……」

耳殻《じかく》に吹き込まれる声から逃れようと、日下は精一杯首を捻る。

「……そんな、こと……っ、頼んでない……っ……」

「……見てるほうが嫌なんだよ」

少しずつ壊れていく日下を、これ以上見ているくらいなら——。

日下の身体を仰向《あおむ》けにひっくり返すと、きつく睨みながら激しく胸を上下させている。弄《いじ》り回した乳首が腫《は》れて紅《あか》く染まり、簗城を誘っているようだった。

手を伸ばしかけると、

「これ以上なにかしたら、蹴《け》り飛ばしてやる……」

自由にならない身体で身構える。

「一撃で倒せるとでも思ってる？　そうでなけりゃ、反撃なんて意味がない。俺はあんたを縛ってなくても、組み伏せる自信があるよ？」

日下を拘束したのは、へたに暴れてけがをさせたくないからだ。動けないと自覚していれば、多少はおとなしくしているだろう。

悔しそうに唇を噛みしめる日下に、簗城は苦笑するしかなかった。

「痛めつけたいわけじゃない……」

身を屈《かが》めて顔を近づける。

両肩を押さえつけられて身動きのままならない日下は、せめてもの抵抗なのか思いきり顔を背《そむ》けた。晒された首筋に、先ほど簗城がつけた吸い痕《あと》が紅く浮かんでいる。

腹の奥から専横な欲望が湧き上がってきた。

この身体に、もっと自分の印を刻みつけたい。

守りたいと――、なによりも大切にしたいと思いながら、そんな簗城をわかろうとしない日下に苛立つ。

乱れた髪ごと後ろ頭を摑んで、唇を重ねた。頑なに食いしばった歯列を強引にこじ開け、柔らかな口内を舌でまさぐる。

噛みつかれることも覚悟していたが、日下の舌は逃げ回るばかりだった。腕を粟立《あわだ》たせるほど嫌なくせに、こんなときでさえ徹底的に拒絶できない日下が哀《あわ》れだった。

同時に日下にとっての自分が、未だにやり過ごしてしまえばいいという程度の存在でしかないことを思い知らされる。

「……っふ、んぅ……」

腕の中の身体がビクリビクリと強張り、鼻孔から苦しげな息が洩れる。

がくりと仰《の》け反《ぞ》った拍子にくちづけを解くと、唾液に濡れた唇を開いたまま荒い息をこぼし、潤《うる》んだ目で築城を睨む。

「……軽蔑《けいべつ》させるのか……」

「今さらだろう?」

築城の気持ちなどわかろうともしないくせに。

そばにいても意識もされないくらいなら、いっそ憎まれても自分を認識してほしいと思う。

俺はここにいる。あんたを支えるために、そばにいる。あんたを——愛してる。

口端に伝った唾液を舐め、顎から喉へと舌を這わせていく。小刻みな振動を感じながら鎖骨《さこつ》を辿り、背後で縛られた腕のせいで突き出すように反り返った胸に到着する。

緊張に尖《とが》った乳首に舌を押し当てると、身体が大きく波打った。すくい上げるように舐め擦り、ますます堅くなっていく粒を舌先で突く。

反対側も指の腹で捏ね回してやると、日下は耐えきれないというようにかぶりを振った。

「……う、く…っ……」

「声出せば？　感じたって、べつにおかしいことじゃない……」

括《くく》ったようにきつく勃《た》ち上がった乳首を吸い上げる。仰け反った日下は、鋭い悲鳴を上げた。乳暈《にゅううん》まで膨れてしまった胸を舐めながら、片手で肋骨を撫で下ろしていく。ベルトを乗り越え、スラックスの前立てに忍び寄ると、日下の脚が宙を蹴る。

「よせ……っ、さわ、るな……」

制止の声を無視して、布地の上から股間を撫でた。形が確かめられる程度に熱を持ち始めていたものを、柔らかく揉みしだく。

「……うあ……っ」

無理やりの愛撫《あいぶ》で自分の身体が反応するなど、日下には屈辱《くつじょく》でしかないのだろうが、築城にやめる気はなかった。理由はどうあれ、自分の腕の中で快感に震える愛しい人を、このまま手放すことなどできるはずがない。

ベルトを外し始めた築城に、日下は身を捩《よじ》って抵抗した。

「築城っ、頼む…から……」

「こんなにしてるくせに？」

横を向いてしまった日下に背後から重なり、築城は開放した前立てから下着の中へと手を差し入れる。汗で湿った温《ぬく》もりを持つものが、ピクリと戦《おのの》いた。それをやんわりと握りしめる。

「これ以上暴れるなら、握りつぶすよ？」

息を詰めて身を堅くした日下の肩に、そっと歯を立てた。

隣のリビングのエアコンは全開になっていて、寝室の空気もひんやりと乾いているのに、自分たちの周囲だけが熱気に包まれている。日下の肌もしっとりと汗ばんで、舌先に塩辛さを感じた。

「……いや…だ……」

そう言いながらも、手の中に包み込んだものをそっと刺激すれば、驚くほどの反応を示してくる。ピクピクと震えながらすっかり芯を作ってしまったものを、築城はより成長を促《うなが》すように上下した。

「説得力がない」

含み笑いで耳元に囁くと、日下は肩を震わせる。

「……卑怯者《ひきょうもの》……っ」

「なんとでも」

ゆっくりと愛撫しながら、着衣を膝まで引き下ろした。両腿《りょうもも》の間に築城の膝を割り込ませ、上になった脚をスラックスから引き抜いて、築城の脚に引っかける。ウエストの後ろで縛られた腕のせいもあって、腰を突き出すような格好だった。

妨げるものがなにもなくなった股間を、簗城は両手で嬲《なぶ》る。完全に勃起《ぼっき》しても、日下の性器はどこか慎《つつ》ましやかだ。もっと感じて淫《みだ》らに濡れてほしくて、先端の孔《あな》を爪の先で抉《えぐ》る。

「あう……っ」

逃げを打とうとする腰を、双珠を握りしめて押さえ込む。脅えてすくむ身体を、ふたつの膨らみをやわやわと擽《くすぐ》るような愛撫を施して宥めた。

少しずつ、日下の息が乱れてくる。しつこく弄っていた先端からも、じわりと露《つゆ》が溢れ出してきた。

「そう……もっと感じて……」

耳朶を舐め、耳殻に舌を忍び込ませて囁く。

指で作った筒の中で強弱をつけて扱《しご》くと、こぼれる蜜がまぶされて、濡れた音が響く。

「ほら、濡れてきた……もう、ぬるぬるだ……」

唇を噛んで首を振る日下だったが、拒絶できない快楽に腰を捩った。逃げているのか、それとも愛撫を促しているのか、自分でも判断がつかないのだろう動きに合わせて、簗城は屹立《きつりつ》を煽り立ててやる。

「あ…っ……」

双珠から離れた指で肌を這い上がり、忙《せわ》しなく上下する胸を撫で回す。

思わず洩れた甘い声に、日下は自分でも驚いたようだった。

さんざん嬲った乳首は敏感になっていたのか、わずかな刺激でくっと堅くなった。

「ふうん……ここもいいんだ？」

「……ちが…っ……」

「違わない。こんなに尖ってる」

指先に触れるささやかな突起が、小豆粒《あずき》のように丸くなる。

剛のあんな言いがかりを真に受けてしまうくらいだ。日下の弱った精神は、どんな言葉にも呪縛されてしまう。そう、こんなことにも——。

「感じやすいな……ピクピクして、もう弾けそうだ。我慢してるの……？」

くぐもった呻《うめ》きが、嚙みしめた歯の間から洩れる。

「いきたいだろ？　もっと強く擦って、思いきり出したい——」

「あ…あ……っ、……つく、し…ろ……っ」

切なげな声で名前を呼ばれ、込み上げる情欲と愛しさに、柔らかな耳朶に歯を立てた。日下に腰を押しつけながら、手の中のものを扱き立てる。

「あ、ああ…っ——」

指の間から温かな飛沫《ひまつ》が飛び散る。抱きしめた身体が何度も震えて、切れ切れの喘《あえ》ぎをこぼした。

深い呼吸を繰り返して弛緩《しかん》しようとする日下だったが、築城は握りしめたままの性器に再び愛撫を施す。

「放して、くれ……もう……」

「これで終わりだなんて思ってるのか？」

肉の薄い双丘に築城が自分の昂《たか》ぶりを押しつけると、汗の浮いた脅え顔が振り返った。

今になってようやく、自分の身体に密着する凶悪なほどの屹立に気づいたらしい。ぎこちなくゆるゆると首を横に振る。

そんな日下が哀れであり、同時に激しい欲望に駆られた。

「どこまで……っ、好きにすれば満足するんだ！」

「あんたがなにも考えられなくなるまで」

ありもしない罪に縛られた心を解き放つまで――。

身体も心も、俺で埋め尽くされてしまえばいい。

築城は日下を胸の中に抱えたまま、ベッド横の棚に片手を伸ばした。無造作《むぞうさ》に常備薬が詰め込まれたボックスの中から、チューブを取り出す。

「……そんなもの……」

目で追っていた日下は、唇を震わせて呟いた。

電気療法や挿管などに使用され、病院内では珍しくもないものだが、今この状態で取り出されれば、嫌でも利用目的が察せられるのだろう。

口でキャップを外し、片手で中身を絞り出した築城は、ゼリーにまみれた指を日下の双丘の狭《はざ》間《ま》へと忍ばせる。

「よせ……っ」

脚をばたつかせて暴れる日下の性器を強く摑むと、先刻の脅しを思い出したのか、身体を硬直させた。

「そう、おとなしくして……暴れると、かえって痛い目に遭う」

宥めるように前を揉みながら、堅く閉じた窄《すぼ》まりをぬるつく指で撫で回す。

「……う、う……あ……」

指を一本、挿し入れる。粘膜に引っかけないように慎重に根元まで埋め込んでから、押し寄せてくる内壁にゼリーを塗り込めるように掻き回した。

「あ……いた、い……」

「もっと力抜いて……」

ひどく狭い中を、押し広げるように指を動かす。うねうねと蠢《うごめ》く肉はときおりぎゅっと締まり、徐々に本来の器官とは機能を変えていくようだった。

入り口にゼリーを擦りつけながら、それを内部へ練り込むように指を抜き差しする。

「く、……あぁ……」

痛みは消えたようだが、身体の中を掻き回される違和感はどうしようもないらしく、日下は背中を丸めて震えた。

根気強く続けるうちにずいぶんと解れた後孔《こうこう》に、束ねた指を押しつける。

「あ……っ、む…り、だ……」

「だいじょうぶ。柔らかくなってる。ほら……飲み込んでく……」

「うぅ……っ」

かぶりを振って呻く日下の奥深くで、築城は挿し入れた指を揺らした。

諦めたようにされるがままなのは、きっと築城の行為を自分に与えられた罰だとでも思っているのだろう。

違うのに――。

手のひらの中で萎《な》えてしまった日下のものを優しく慰め、しっとりと従順に吸いつく内壁を探る。

「あっ、あ…あぅ……」

日下はふいに仰け反って硬直し、築城の指を締めつけた。手の中の性器がピクンと跳ねる。

「や……、だめ、だ……っ」

不自由な身体で逃れようとする日下の肩を顎で押さえつけ、耳に唇を当てて囁く。

「どうして……？　感じたんだろ？」

「嫌だ——あ……っ……」

前立腺を狙《ねら》って擦ると、呼応するように腰が揺れた。甘えて誘うように指を締めつける肉壁に、築城の身体も熱くなる。

「ここがいいって……あんたの身体はそう言ってる」

「う……ん……っあ……」

柔らかだった性器が勃起していく感触。煽るように扱いてやると、指を咥《くわ》えた双丘が淫らにくねり、粘ついた水音を立てる。

「……く、しろ……っ、放せ……」

日下は理性と体力を振り絞って、築城の胸から逃げた。しかしわずかに身体を回転させてシーツに膝をついただけに留まり、背後で縛られている両腕のせいで身体を起こすことができない。枕に押しつけた横顔すら動かせないようだった。

腰だけを掲げた格好は、むしろ誘っているようにしか見えなくて、築城は欲望がさらに渦巻《うずま》くのを感じながら起き上がり、日下の浮き出た腰骨を摑む。

「触るな……っ、もう……」

「ほんとに素直じゃないな。自分でわかるだろ?」

手を前に滑らせ、反り返った性器を握って嬲る。

「……っあ……」

「こんなに堅くなってるし……こっちなんかヒクヒクしてる」

見せつけるように晒された後孔は、綻《ほころ》んだ襞《ひだ》がゼリーで濡れ光り、日下の荒い呼吸のたびに物欲しげに蠢いて、築城の欲情を煽った。

「そ……んなの、ただの反射だ……っ」

身体は堕《お》ちているくせに、頑なに否定する男が憎らしくなる。自分のアプローチが巧《うま》いとは決して思わないが、ここまで伝わらないと腹立たしい。

築城は下着ごとカーゴパンツをずらして、漲《みなぎ》っている自分のものを摑み出した。ゼリーを搾《しぼ》り出し、扱き上げるようにして屹立に塗りつける。

禍々《まがまが》しいものを見るように凝視する日下と目が合った。

「怖い？　反射がいいみたいだから、あんただってけっこう愉《たの》しめるんじゃないか？」

築城が本気だとわかると、日下はシーツについた肩と膝で必死にいざって離れようとする。括った手首を摑んで、その身体を手前に引き戻した。

「嫌だ……っ、放せ！」

「往生際《おうじょうぎわ》が悪いよ」

肉の薄い双丘をさらに開き、小さな窄まりに怒張を押しつける。

「あっ、うう…っ……」

勃起した性器を挿入するには充分な準備とは言えなかったが、大量に使った潤滑剤《じゅんかつざい》のせいで、張り出した先端が日下の拒絶も虚しく埋め込まれていく。

「……くぅ……っ……」

熱くきつい肉の感触と小刻みな振動が、えもいわれぬ快感を運んでくる。ずっと日下の痴態《ちたい》を見続けていた身は、ようやく与えられた刺激にすぐにも暴発してしまいそうで、築城は息を詰めて奥歯を噛みしめた。

「痛い思いをしたくなかったら……もっと力を抜いて……」

グランスが入り口を突き抜けると、挿入はずいぶんと楽になった。押し寄せる内壁が、しきりにうねって築城を愛撫する。思うさま突き上げたい衝動を堪えて、ゆっくりと根元まで貫いた。

煩悶《はんもん》していた日下は、芯を通された腰以外には力が入らなくなってしまったようで、シーツに埋もれてしまった上体を、苦しそうに喘がせている。

とうに痺《しび》れてしまっているだろう腕を、築城はようやく解いてやったが、力無く身体の両脇に投げ出すだけだった。

とくんとくんと繋がった場所から脈動が伝わってくる。その振動さえ甘い疼《うず》きを誘って、築城は思わず腰を引いた。

「う、あ……っ」

日下が呻いて身動《みじろ》いだと同時に内部がきゅうっと締まり、さざ波立つようにまといつく内壁の感触に眩暈《めまい》がした。

築城はオスの本能に急《せ》き立てられ、貪《むさぼ》るように抽挿《ちゅうそう》を始める。突き上げるたびに洩れる呻き声と、しなやかな筋肉を歪ませてビクつく身体に、さらに煽られる。

絶頂はあっという間だった。日下の奥深くに叩きつけるように射精し、深く息を吐き出す。

築城が達したことを身をもって感じたらしく、日下は一瞬目を見開き、唇を噛みしめて首を振った。

シーツを掴んだ手を小刻みに震わせる日下から性器を引き抜くと、崩れるようにシーツに倒れ込む。その身体を仰向けにひっくり返し、両膝を摑んで押し上げた。

後孔が襞を乱して綻んでいた。ヒクついた拍子に白濁した液が溢れ、今しがたの性交を生々しく伝える。

自分は間違いなく今この人を抱いたのだと、そう思いながらさらなる欲望に駆られた。

「……も……やめ、てくれ……」

掠れた震え声が哀願する。

「だめだ。あんたがいくまでやめない……」

弱々しく首を振る日下を無視して、築城は正常位で繋がった。間をおかない挿入は一度目よりもはるかに容易で、包み込むような感触に築城は陶然《とうぜん》となる。

平らな腹部を突き破ってしまうのではないかと思うほど深く穿《うが》ち、抜け落ちるぎりぎりまで腰を引く。築城の屹立に引きずられて、入り口の襞が淫猥《いんわい》に捩れた。注ぎ込んだ精液が掻き混ぜられて溢れ出し、ぐちゅぐちゅと音を立てる。

きつく眉根を寄せて閉じられた瞼《まぶた》がときおり引きつれ、血がにじみそうなくらい食いしばった唇からくぐもった呻きが洩れる。

築城の律動に合わせて、力無く揺れる日下の性器。

身体はこんなにも深く繫がっているのに、いっこうに縮まらない心の距離を感じる。

どうして伝わらないのだろう。

いや、どうして自分はこんな攻め寄り方しかできないのか。

誰よりも強くこの人を想っているつもりで、誰よりも大切に守りたいと願いながら、届かない気持ちに焦《じ》れ、自分の熱情に溺《おぼ》れて——。

——日下さん……っ。

ぐったりとした身体を、堪らず抱きしめる。

こんなに愛しいのに——。

切なくて苦しくて、築城までどうにかなってしまいそうだ。

「あ……う…っ……」

腰を引き寄せられて根元まで貫かれた日下は、仰け反って身震いした。

日下の反応が少しずつ変化しているのに気づいたのは、深く挿し入れたままその温かく柔らかな隘路《あいろ》を味わっていたときだった。ゆっくりとした築城の動きに、内壁が追いすがるように絡み

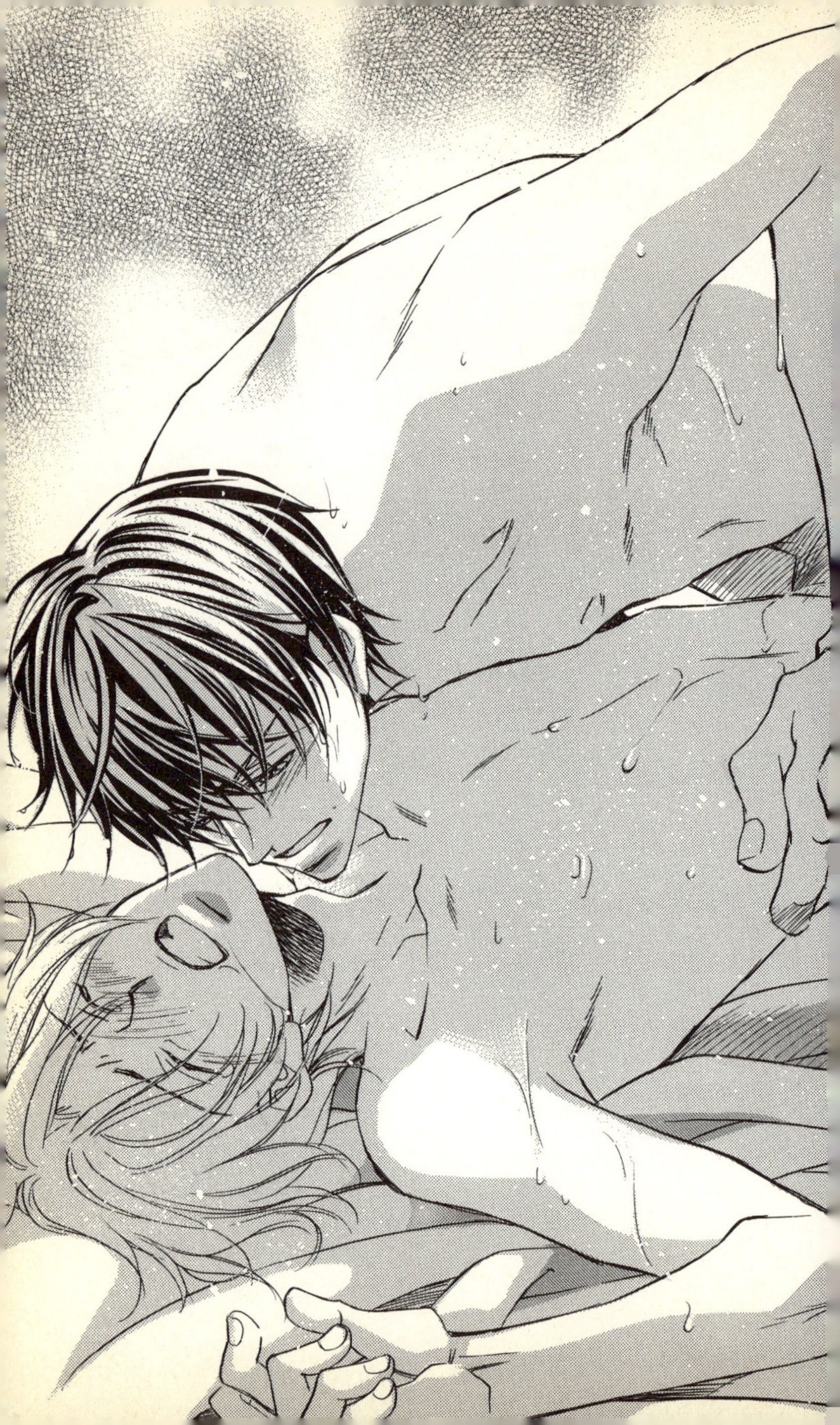

つく。

やがて抑えきれないというような喘ぎが、吐息に紛《まぎ》れてこぼれた。

「……ん…っ、んぁ……」

「……日下さん……？」

腕の中の日下を覗き込むと、これまでと同じように眉間にしわを寄せているのに、どこか悩ましげな表情に見えた。

「……あっ……」

短い悲鳴と共に、簗城を包み込んだ場所が大きくうねる。

日下は自分が洩らした声に狼狽えたように、手の甲で口を塞《ふさ》いだ。

「ここ……？　ここがいい？」

「や……、あ……っ」

抉るようにグランスを擦りつけてやると、腰まで震わせて内部を蠢動《しゅんどう》させる。甘い刺激を返されて、簗城は同じ動きを繰り返さずにはいられなかった。

「あ…や、……いや、だ……簗城……っ、もう、やめ……」

自分の身体に起きた変化に、日下は混乱している。まさか無理やり受け入れさせられた男のもので快感を得るなど、信じたくなかったのだろう。

「どうして……？　気持ちいいなら、もっと感じればいい」

「嫌……だ、こん…な……ああ……っ」

熱を持ち始めていた日下のものに指を絡め、抽挿に合わせて擦り立てる。それは手の中でぐんぐんと育ち、張りつめた先端から露を溢れさせた。

自分の想いに日下が応えてくれているようで、築城はさらに反応を引き出そうと躍起《やっき》になる。

今の自分たちを繋ぐたしかなものは、互いの身体しかない。心が遠いなら、せめて肉体で伝えるしかなかった。

もう後には退けない。退くつもりもない。

この人から離れない――。

「放せ……っ、頼む、から――あうっ……」

やみくもにかぶりを振る日下の腰が浮き上がるほどに、深く貫いて突き上げる。

激しい動きにベッドが鳴き続ける。

すべてを愛している。今より少しでも振り向いてくれるなら、どんなことだってする。

眼差しが欲しい。言葉が欲しい。

この人のすべてが欲しい。

築城の手に力の入らない指をかけ、もう片方の手で築城の胸を弱々しく押し返しながら、日下は押し寄せる官能の波に飲み込まれていく――。

「うぁ、ああ……っ――」

身体が硬直し、浮いた腰が築城を痛いほど締めつけた。びりびりと震えるように内壁が収斂《しゅうれん》し、築城の手に包まれた性器から精液が迸《ほとばし》る。

胸や腹に飛沫を散らした日下は、荒い息を繰り返して呆然と宙を見つめていた。

日下の中で彼の絶頂を味わった築城は、まだしゃくり上げるように蠢く肉を、ゆっくりと掻き回し始める。

「築城……っ、もういいだろう？　いい加減に——」

「全然足りない」

にべもなく言い返すと、日下は眦《まなじり》が切れそうなほど目を見開いた。

「……つく、しろ……」

「あんたが俺を欲しがってくれなきゃ、治まらない……」

心からの愛しさと、純粋な欲望と。

どちらを優先するべきかは明らかなのに、ふたつの衝動に翻弄《ほんろう》された築城は、自分を止めることができなかった。

日下《くさか》が目を覚ましたときには、ベッドの隣は空だった。

カーテン越しに真昼の日差しが、寝室を淡く染めている。

伸びをするようにけだるい腕を上げると、裸の二の腕の内側に鬱血《うっけつ》があった。

痕《あと》はつけるなって言ったのに……。

犯人の築城《つくしろ》は、すでに勤務に出たようだ。

日下のマンションから成和病院《せいわびょういん》までは、徒歩でも十分ほどの距離だ。築城の自宅は病院を挟んで反対側になる。

これで四回……、いや、五回目か？

初めて築城に抱かれてから、半月が過ぎた。その期間にこの回数というのは、多いのかどうか。

シフトのすれ違いを考慮すれば、ほとんどのオフを同衾《どうきん》しているることになるのではないだろうか。

いや、恋人同士でもないのだから、回数をどうこう言う以前に、そもそもセックスをしていることに疑問を持つべきなのだろう。

疑問はある。当然のことだ。

男同士なのは個人的嗜好《しこう》だからともかく、築城と自分の間に恋愛感情は存在しない。むしろ築城は、日下の不甲斐《ふがい》なさに苛立《いらだ》っていたはずだ。

術中心停止というアクシデントに見舞われたあの夜、この三年間で積もりに積もった医師としての自分への不信が、限界にまで達した。

患者の命を救ってくれた築城に、表面だけは取り繕って礼を告げに行ったものの、そこで冷静な正論を投げられて、最悪の精神状態だった日下は愚かしくもパニックに陥った。

親友を失ったことも、その弟に責められていることも知られていたからだろうか。堪えきれずに持て余した不安や苦しみを、ただそのとき目の前にいたからという理由で、築城にぶつけて泣き喚いた。彼には関わりのないことなのに。

……でも、築城は……。

忘れろ、と——忘れさせてやると言って、築城は日下の意識が途《と》切《ぎ》れるまで日下を抱いた。

皮肉なことにそれによって、親友の死以来初めて日下は、夢も見ない長い眠りを得たのだった。

心の傷が身体までをも蝕《むしば》んで限界だったのだと、今さらながら気づいた。

築城のやり方が最良だったとは決して思わないけれど、少なくとも日下は崖《がけ》っぷちで踏《ふ》みとどまることができた。

取り巻くものは依然として変わらずなにも解決していないが、深い睡眠を得るというそれだけのことでも、心身はずいぶんと救われる。

どんな薬も効かなかったのに、セックスで眠れるというのは決まり悪くもあり、しかもそれが同性相手で、さらに深い快楽に堕《お》とされているのは汗顔ではあったが。

「あっ、あぅ……っ」

揉《も》みくちゃになったシーツに両肘《りょうひじ》と両膝《りょうひざ》をついた日下は、背後から築城《つくしろ》に覆《おお》い被《かぶ》さられ、強靭《きょうじん》なバネで激しく揺さぶられている。

胸を這《は》う指に小さな尖《とが》りを捕まえられ、つままれ捻《ひね》られる。痛みよりも甘い疼《うず》きが、そこから波紋のように広がっていく。

「もっと……動かせ」

耳元で囁《ささや》く熱い吐息に、日下は操られるように腰を振った。

それに合わせて、長い指に包まれた性器が揉みしだかれる。日下が溢《あふ》れさせたものでぬるぬると滑り、ときおり先端を抉られる疼痛《とうつう》がたまらない。

築城の両脚に挟まれてぴったりと閉じさせられた太腿《ふともも》の間には、築城の堅い怒張が差し込まれている。汗と体液に濡《ぬ》れた狭間《はざま》を行き来し、きゅっと緊張した日下の双珠を後ろから突き上げて刺激する。双丘に押しつけられる、湿った叢《くさむら》の感触がむず痒《がゆ》い。

「は、あ……つく……しろ……っ、も……」

下腹がひくひくと波打って止まらず、腰の奥で渦《うず》巻《ま》く熱が出口を求めて荒れ狂う。

「自分で擦りつけろ……」

唆《そそのか》されて、築城が作った手の筒に、猛《たけ》った性器を抜き差しする。徐々に狭《せば》まっていく指に、陶《とう》然《ぜん》としながら腰を打ちつけた。

狭間を潜る昂《たか》ぶりに、自分から敏感な場所を擦りつけ、淫《みだ》らに快楽を貪《むさぼ》る。

「あ……い、い……——」

シーツを摑む手が、ぶるぶると震えた。

弾けた先端から、精液がパタパタとシーツに飛び散る。力の入った太腿の間に挟んだものもビクビクと脈動し、日下の下肢《かし》に熱い飛沫《ひまつ》を浴びせた。


昨夜の抱擁と激しく乱れた自分を思い出して、日下は枕に顔を押しつけた。

セックスの最中にふと我に返って、なにをやっているのだろうと思うことはある。そして、いつも答えは出ない。

性の快楽を愉しむような心の余裕は未だにないし、あったとしても職場の同僚を相手にするような性分ではない。

なぜこうしているのか、なぜ相手が築城なのか――納得がいかない。

それでもたぶん、今の日下には必要なのだ。だから築城の誘いを拒絶できない。

むしろ不可解なのは、この関係を続けている築城のほうだ。

一度はともかく、その数日後に日下の自宅を訪れた築城の姿に、日下は呆然《ぼうぜん》とその粗野に整った貌《かお》を凝視《ぎょうし》してしまった。まさか二度目があるとは思っていなかったのに、築城は玄関先でいきなりきつく抱擁し、そして当然のことのように日下を抱いた。

しかし最初の晩の激しいセックスが翌日日下に与えた肉体的な疲労に気づいていたのか、それとも後孔《こうこう》を使うような行為はやはり気が進まないのか、以降築城自身を挿入するような抱き方はしない。

どちらかというと、ただひたすら日下の快楽を搾《しぼ》り取り、眠りに落とし込んでいく。だから自分の快楽を追求しない築城の態度が、日下にはますますわからない。

なんのために……？

病院内での築城の態度に、特別な変化は感じられない。どちらかといえば日下のほうが変に意識してしまって、どんな接し方をしたらいいのかわからず距離を置いている。

それでも、いや、それだからこそなのか、日下は自分でも気づかないうちに、盗み見るように築城の様子を窺《うかが》っていることがある。

着任して一か月が過ぎ、看護師たちに騎士《ナイト》とあだ名された男は、相変わらず愛想のない顔で院内を闊歩《かっぽ》しているけれど、微妙に当初とは印象を変えてきたようだ。

もっとスタッフとの親交を図れという日下の言葉を聞き入れたのかどうか、よく他の医師や看護師たちと話をしている姿を見かけるようになった。もっともそのやり取りは治療に関することがほとんどのようだが、まったく余談がないわけでもないのだろう、笑い声が混じることもある。

最初は日下の意見を一蹴《いっしゅう》したのに、どんな心境の変化があったのか。思い起こしてみれば、それはあの手術室での蘇生《そせい》事件のころから――つまりは、築城と日下がこういった行為をするようになったころからだが、まさか築城にとってそれが影響を及ぼしているとは考えられない。第一、どのように関連づけようもない。

ともかく、築城の変化によって彼を知ることになったスタッフは、当然のように医師としての優秀さを感じ、信頼を置いているようだ。

そう……俺なんかよりもずっと頼れる。

情けない自分と比べることが間違っているのだろうが、たぶん日下は、あんなふうになりたいと願っているのだ。

他人の視線や言葉に惑《まど》わされず、自分の信じるところを貫いていく揺るぎなさに。

ため息をついてベッドから起き上がる。

昨夜も築城の腕の中で意識を手放すようにして寝入ってしまったはずだが、身体はさっぱりとしていた。眠っている間に築城が拭いておいてくれたのだろう。

こんな気づかいをされるたびに、戸惑いと自分に対する不甲斐なさでいっぱいになる。

なにも変わってはいないのだ。

自分はなにも解決できていないし、己の進退を見極めることすらできない。

医師として満足な働きもできないくせに、臨床を離れたくないというわがままだけで、現場にしがみついている。

そしてその現実から目を背《そむ》けるために、築城に甘え、彼を利用している。

そんなことをしても現状に立ち止まっているだけで、歩み出すことはできないのに。

そもそもこうやって逃避できるのも築城の気持ち次第で、いつまたひとりで放り出されるかもわからない。簗城には日下に手を貸す義務はないのだから。

今こうしていることにだって、特別な理由などないのだろう。日下が簗城に抱かれて仮初《かりそ》めの安らぎを得ていることなど知らないだろうし、ましてやそのために行動しているわけでもない。偶然起こった出来事を、たまたま気が向いて繰り返しているだけ。いつ途切れても不思議はない。

けれど今の日下には必要で、あの逞《たくま》しい腕と熱い身体を、自分から断ちきることはできなかった。


深い眠りに落ちている日下をベッドに残して出勤した簗城は、医局でコーヒーを飲みながら苦いため息をついた。

まだ少しやつれてはいたが、端正な貌をかすかに緩《ゆる》ませて静かな寝息を立てていた日下が脳裏に浮かぶ。目元が少し赤くなっていたのは、簗城がさんざん啼《な》かせたせいだろう。

なにをやっているのだろうと思う。

半月前の最初の夜は、とにかく夢中だった。あのときの日下はおそらくこれまでで最悪の状態で、言葉などで言い聞かせることはできなかった。

ずっと悩み苦しんでいた親友の死を、乗り越えるきっかけになるかと思われていた患者の治療が裏目に出て、それまでじわじわと破滅に向かっていた歩みが一気に加速した。

築城自身が不用意に投げかけた言葉が日下の琴線を弾いてしまったこともあって、非難されていると感じ取った日下はパニックに陥った。それを宥《なだ》めるどころか、頑《かたく》なな意識に凝《こ》り固まった日下の態度に築城自身も逆上して、その身体を征服するという暴挙に出てしまった。

そんな手段を取ってしまったのは、直前に自覚した日下への想いのせいもあったのかもしれない。

尊敬や憧憬《どうけい》の気持ちから、ずっと日下に立ち直ってほしいと願っていた。しかし今はそれだけではないのだと、自分の気持ちを訴えたかった。

愛しているのだと、なんとしても日下を救いたいのだと、それを示したかった。

しかしそんな気持ちの一方で、愛《いと》しい人を腕に抱いた激情は留まるところを知らず、日下にとってはずいぶんと酷《こく》な扱いをしてしまった。

互いに何度達したのか憶《おぼ》えていないセックスは、膝の上で揺さぶっていた日下が意識を失って崩《くず》れ落ちたところで終わった。

涙に濡れた顔と紅《あか》い吸い痕が点在する身体が、ぐちゃぐちゃに乱れたシーツに投げ出されているのを見て、築城はようやく我に返った。

「日下さん……？」

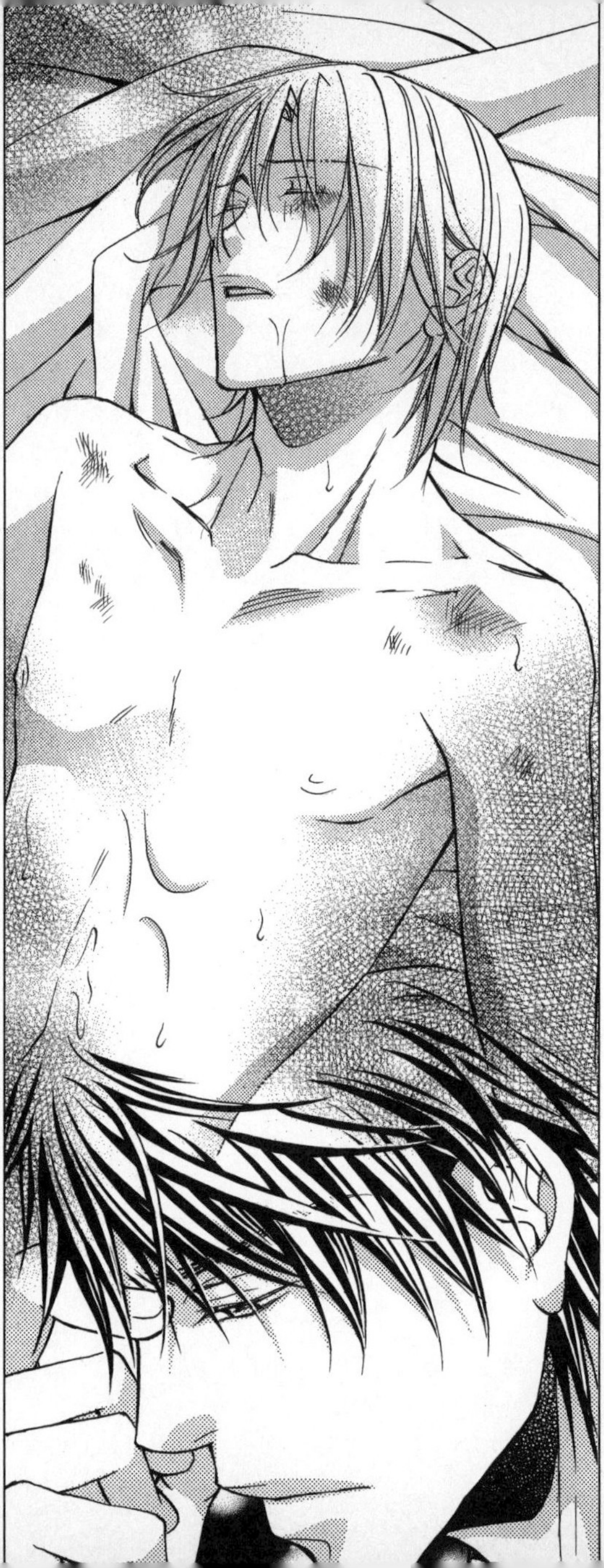

返答があるわけもなく、急速に熱が引いていくのを実感しながら、自分が汚した肌をそっと清めた。

きっと自分の想いは伝わらなかったのだろうと、こんなことをして伝わるはずがないと、疲れて眠る日下を見下ろしながら唇を噛《か》みしめ朝を待つのは、ひどく苦い心持ちだった。

その後の日下のよそよそしい態度を見れば予想が的中したのは明らかで、築城に医師としての能力不足を責められたと受け取り、さらに混乱して自棄《やけ》になったことで怒りを買い、あんなことをされたと思っているようだ。

ふとカップの中に視線を落とすと、歪《ゆが》んだ自分の顔が映っている。見たくなくて、デスクの向こうに押しやった。

自分の言動を悔やんだところで、頑なになっている日下の心を溶かす方法は見つからない。

さらに、本心を伝えられないままに取った行動は、日下を貶《おとし》める暴力でしかなかった。

そんなふうに日下を傷つけてしまった自分に、今さら彼を愛していると言う資格はないのかもしれない。

一方的な感情の押しつけは、今の日下にとって負担でしかないだろう。ましてや築城は、無理やり自分を抱いた相手だ。好意を持てるはずもない。

はっきり拒絶されるのもつらいし、なによりこれ以上日下の心を乱すようなことはしたくなかった。

だから、この気持ちを口にはしていない。とにかく今は日下の味方でいようと、それだけを心に決めていたのだが――。

一度手に入れてしまった日下の身体は、築城に恐ろしいほどの渇望《かつぼう》と執着をもたらした。カルテを持ったほっそりとした手首が目の前を過《よ》ぎっただけで、得体の知れない衝動が湧《わ》き上がる。

何度も引き返そうと思いながら日下の自宅を訪れてしまい、顔を合わせたとたんに抱きすくめていた。触れられなかった数日間で水を求める遭難者のように日に日に渇きが募っていき、自分よりひと回り小さい身体と記憶に残る体臭を感じた瞬間、焦《こ》がれていたものが爆発した。

しかし同時に、欲望よりもはるかに強い感情に支配されていることにも気づいた。

欲しいのは日下の心だ。いや、すべてだ。日下を形成するなにかひとつが欠けても、きっと築城は満たされない。

こんな激しい感情を抱いたのは初めてだった。ましてやそれが恋心だなんて、自分のことが信じられないくらいだ。

力の限りに抱きしめて、この想いが少しでも伝わることを願った。口べたな自分には巧《うま》い言葉が見つけられず、もどかしさを感じて激情のままに日下に触れた。

日下は抵抗しなかった。まるでそれさえも贖罪《しょくざい》であるかのように、築城に抱かれる。

けっきょく――築城の願いも虚《むな》しく伝わらない。なぜ築城が自分を抱くのか、腕の中の人は理由を探る気もないようだった。いや、深い苦悩の中にいる彼にとっては、そんなことは気にするほどのことでもないのだろう。

日下にとっての築城は、彼の心と身体を責めるだけの存在なのだ。

そうやって思いは届かないままに、昨夜も築城は日下を抱いたのだった。

間違っているのはわかっている。このまま進んでも、日下を救うことはできない。

それどころか、情けないことに築城自身まで、報われない苦しみにずぶずぶと沈んでいきそうだ。

いや、応《こた》えてほしいと願うことが厚かましいのだろう。同じ気持ちを返してほしいと望むのは恋の常だが、恋心を押しつけることなど、できはしない。ましてや相手は今、尋常な状態ではないのだ。

しかし、愛しいと思う心を止められないのも、恋の形だ。

だから築城は日下を愛し、彼を助けようと足掻き続けるしかない。

いつか心からの笑顔を見せてくれることを祈って——。


夜からの勤務に入る前に、日下は桐生《きりゅう》家を訪れた。

対応がわかっているだけに足取りは重くなるが、剛《たける》に許してもらわなければ先へ進むことはできない。

もう一度昇《のぼる》に会えていたらと思う。

けっきょく検診に行くのを見送ったのが、今生《こんじょう》の別れになってしまった。一度だけでも会えたら、せめてひと言謝れたのに。

だから弟の剛には、その分も許しを請《こ》わなければならなかった。

気力を振り絞って、黒ずんだ玄関のチャイムを押す。

「……またあんたか」

帰宅してうたた寝でもしていたのだろうか、剛は乱れた髪を掻き上げ、鬱陶《うっとう》しげに日下を見下ろした。

「疲れてるところをすまない……」

「そう思うならいい加減にしてくれないか。何度来たって同じことだ。あんたに線香なんか上げてほしくない」

喋《しゃべ》るうちに剛の苛立ちが募っていくのが伝わってきて、日下は狼狽《うろた》え俯《うつむ》く。

「謝らせてほしいんだ。そうしなければ、俺は……」

「あんたの都合なんか知ったこっちゃない。だいたい許せることじゃないだろう?」

昇の好物だった水ようかんの折を持った手が震え出す。

「俺の立場になって考えてみろよ。たったひとりの家族に死なれたんだ。しかも医者で親友のあんたがそばにいて、手遅れになるまで気づかなかったって、どういうことだ?」

「……本当に……申しわけないと思ってる……」

「ふざけんな……!」

声を荒らげた剛は、激しく咳《せ》き込んだ。咳《せき》はなかなか止まらず、怒りの度合いを示すようだった。

荒い息をついて口元を拭《ぬぐ》い、ぎらつく目で日下を睨《にら》む。

「謝ったって、死んだ人間は生き返りゃしないんだよ」

「……じゃあ、どうすれば……」

「知るか」

剛は吐き捨て、日下の手から菓子折を払い落とした。

「あんたがのうのうとした顔を出すたびに、虫酸《むしず》が走る。こんな奴を親友だと思ってた兄貴が、哀《あわ》れでしかたないよ」

日下はなにも返せなかった。この面詰《めんきつ》は受け止めるべきものだったから。

しかし、それはさらに剛の怒りを煽《あお》ったらしい。

「辞めちまえよ」

はっとして目を上げると、奥歯を嚙みしめるようにしかめた顔があった。

「あんたみたいな医者は迷惑にしかならない。辞めちまえ」

やはり――そうなのだろうか。自分には医師の資格などないのだろうか。

ずっと自分でも疑っていた。親友だったのに、医師としてなにひとつ昇のためにしてやれなかった自分は、医師でいるべきではないのではないかと。

このまま臨床医を続けても、またいつか自分は患者の病変に気づかず、取り返しのつかないことになってしまうのではないか。

日下の手にかからなければ無事に快復するはずの患者を、危険な目に遭《あ》わせてしまうのではないか。

そう思いながらも現場を離れられなくて、迷いながら治療を続けてきた。患者を救いたいという気持ちを強く持ちながら、自分の能力に自信がなく、過《あやま》ちを犯すことを畏《おそ》れて過剰な治療方針を取り――。

「……わかったら……帰れよ」

思いに沈んでいた日下は、剛の低い声に意識を引き戻されて顔を上げた。

もっと罵声《ばせい》を浴びせたいのを我慢しているのだろうか、剛は肩で息をして、戸口を塞《ふさ》ぐように両腕をかけている。

睨みつけてくる血走った眼差《まなざ》しに怯《ひる》んで、日下はよろよろと数歩後退《あとずさ》った。それを待ちかまえていたように、引き戸が大きな音を立てて閉ざされる。

やっぱり俺が医者でいてはいけなかったんだ……。

なによりも患者に迷惑がかかる。人の命を預かる仕事なのだから。

築城にも、判断力が鈍っている、適切な医療の選択を誤っていると言われた。それは、医師としてもっとも重要な能力のひとつが欠けているということだ。

過去の経緯《いきさつ》を知る彼は日下の不甲斐なさに腹を立てていたが、その過去の傷を消せない日下は、やはり医師でいるべきではないと思っていることだろう。

『辞めちまえよ』

日下が医師を辞めることでしか剛が納得できないと言うのなら、そうするしかない。

考えてみろ……俺が医者を辞めたって、誰も困らないじゃないか。

そう、患者は安心だし、病院だってもしもの責任を負わずに済む。

日下自身も、この苦しみから解放されるはずだ。

最初から、そうすればよかったのかな……。

震える腕を押さえつけるように反対の手で掴み、踵《きびす》を返して歩き出した。


築城の勤務と入れ替わるように出勤してきた日下と、更衣室で鉢合《はちあ》わせした。

「ちょっと待った」

築城はロッカーを開けようとする日下の肩を摑み、蛍光灯の真下へと引っ張っていく。顎《あご》を摑んで仰向《あおむ》かせると、日下は迷惑そうに眉《まゆ》をひそめた。

「放せ……」

「なんだよ、この真っ白い顔は」

「なんでもない」

「なんでもないはずがないだろう？　ちゃんと寝たのか？」

せめて睡眠は取れるはずだと自分に言いわけして、日下にとっては不本意なセックスを続けていた。

実際これまでろくに眠れていなかったらしく、わずかながらも体調はましになってきたように見えていたのだが。

「おまえには関係ない」

築城の手を振り解きながら、日下はにべもなくはねつける。

「関係ない……？」

聞き返すと、邪険な態度を取ったことに気が咎《とが》めたのか、日下は狼狽えたように視線を落とした。

「悪かった……本当になんでもないんだ。今日は昼まで寝てたし」

相変わらず日下にとって築城は、その他大勢でしかない。裸で抱き合って身体の奥まで晒しても、心にはまるで手が届かない。

立ち直るために足掻いているなら、その手を摑んで引っ張ってやる。どうしても立ち向かえないというなら、逃げたっていい。いくらでも慰《なぐさ》めてやる。

築城を利用すればいいのに、不器用なまでの潔癖さで、この人はすべてを自分ひとりで抱え込もうとするのだ。見たくもない作り物の微笑《びしょう》を浮かべて。

「じゃあ、どうしてそんなに顔色がよくないんだ？　起きてからなにを――」

また関係ないと返されるような質問をしていると思いながらも、言葉が口をついて出てしまう。

日下が苦しんでいるのを見るのはつらいから。

唇を嚙みしめて俯いている日下の姿を見下ろしていた築城は、ふいに思い当たった。

日下がこんなに消耗《しょうもう》するのは、桐生の家へ行ったからに決まっている。

「……あいつだな……？」

肩を揺らし、日下はますます顔を背けた。

また自《みずか》らあの罵倒を受けに行ったというのか。

自分を痛めつけてなんになると言うのだ。その先に救いなど存在しないことが、どうしてわからない？

何度訪れたところで、剛が納得して日下を招き入れることはないだろう。あの男もまた、日下を責めることが兄への弔《とむら》いだと勘違いしているのだから。

いや、日下は救いなど期待していないのかもしれない。糾弾《きゅうだん》され続けることが、自分の償《つぐな》いだと思い込んでいるのだろう。

玄関の戸口を挟んで対峙《たいじ》していた日下と剛の間に流れていた、あまりにも歪んで不健康な空気を思い出し、身震いする。

だめだ……このままにはさせておけない。

解決のすべも持たないままの日下にそんなことを繰り返させていたら、本当に壊れてしまう。

「なにを言われた？」

「……築城――」

「言えよ！」

肩を摑んで揺さぶっても、日下は築城を見ようとはしない。

「俺のことは……放っておいてくれ」

「できるわけないだろう!?」

頼りにされない自分が、情けなくて腹立たしい。

「築城……！」

背中に日下の呼び声を聞きながら、築城は更衣室を飛び出していた。

桐生家の呼び鈴を続けざまに鳴らし、それでも足りなくてガラスのはまった引き戸を叩《たた》く。

玄関の明かりが灯《とも》り、慌《あわ》てたような影が戸口に駆け下りてカギを開けている。

「今開けますから！」

何事かというような顔で引き戸を開いた剛は、築城を見て眉をひそめながら首を捻った。

「どちらさま？」

「成和病院の築城だ」

名乗ると、剛の表情が一気に硬くなる。

「……なんの用だ」

「あんたの兄さんが入院してたときには、帝都大病院《ていとだいびょういん》の呼吸器外科にいた」

昇はまさにそこの患者だったから、無下にするわけにはいかないと思ったのだろう。剛はしかたなさそうに築城を居間に招き入れた。

「——それで、今ごろになってこんな時間になんの話ですか？　だいたいあなた、今は違う病院なんでしょう？」

「あんたが患者の経緯についてずいぶんと誤解してるみたいだから、説明しに来たんだ」

座卓の向こうからじろりと睨《ね》めつけた剛は、口元を歪める。

「あのヤブ医者に頼まれたんですか？　弁護してくれって泣きつかれた？」

「いっそそうしてくれればいいのにと思うよ。三年も自分を責めて苦しんで、身動き取れなくなってるくらいならな」

「あんなの、見せかけだけでしょう。懲《こ》りもせず医者をやってるんだから、図太い神経だと思うけど？」

憎々しげに吐き捨てた剛に、築城はきっぱりと首を振った。

「あんたが言いがかりをつけるまでもなく、とっくにあの人は自分のせいだと思い込んでた。臨床を去ることが桐生さんの死に対する償いだと考えて、院に入ったんだ」

「……は、当然だろ。あのままずっと研究室に閉じこもってればよかったんだ。それをのこのこ現場に戻ってきて。おおかた禊《みそ》ぎは済んだってつもりなんだろうけど、迷惑だよ。親友の異変も見抜けないような奴に、医者の資格なんかない」

「本気でそう思ってるのか」

築城の静かな声に、剛は一瞬怯んだようだった。

「じゃあ、あんたの兄さんはどうなんだ？　自分の体調に気づかなかった医者は」

「それは……、そんなのにかまってる余裕もないほど忙しい現場だったからだろ。毎日何十人って患者が来るって、手紙に――」

「日下さんだって同じ立場だった。それなのに、あの人だけを非難するのか？」

日下は言い返すこともなかっただろうから、初めての反論に剛は狼狽えている。

「桐生さんのカルテは、当時ひととおり見せてもらった。診断後の治療は全力を尽くしたと思ってる。発見が遅れたことが命取りだった。桐生さんが定期健診を怠《おこた》っていたことは知ってるか？」

まるで自分の落ち度が発覚したかのように、剛は座卓の上に拳《こぶし》を打ちつけた。

「……だから、それは——」

「診療で忙しかった？　けど、そんな場所での活動だからこそ、自分自身の体調管理が重要なんじゃないのか？　現地での診断時の記録もカルテには記載されていたが、自覚症状があったにもかかわらず、検査を先延ばしにしていたとあった」

俯いた剛の視線の先で、拳が小刻みに震えている。

きびしいことを言っていると思う。たったひとりの肉親を失って、やるせなさを持て余す気持ちもわからなくはない。

けれど、その矛先《ほこさき》を日下に向けて八つ当たりすることは許せない。

「だいたい桐生さんが、ひと言でも日下さんのことを責めたことがあったか？　なかっただろう？　あんたのしてることは、兄さんの名誉を汚してるだけだ」

できることならこんな説教じみた真似《まね》よりも、剛の胸ぐらを掴んで張り飛ばしてやりたい。すでに自責の念に囚《とら》われている日下をさらに追いつめた責任を、とことん追及して断じてやりたい。

しかし、日下がそんなことを望んでいないのはわかっていたから、築城は込み上げそうになる怒りを抑え、ゆっくりと立ち上がった。

剛も道理がわからない男ではないだろう。ただ兄を亡くした苦しみをどう消化したらいいのかわからず、目の前に現れた日下にぶつけていたに過ぎない。

むしろ今の剛に必要なのは、日下と同じく心のケアなのだろう。

それに、こいつ……。

動転していることを考慮しても、肩で息をする動きが目につく。

日下さん……あんた気がつかなかったのか……？

あまりにも根深く苦悩に囚われてしまった日下に、築城は改めて焦《あせ》りを感じずにはいられなかった。教授にも一目置かれるほどだった優秀な医師が、こんな症状も見落とすほどに心を蝕まれているのか。

……こいつのせいで……。

殴《なぐ》りかかりたくなる衝動を堪《こら》えて、築城は項垂《うなだ》れている剛を見下ろした。

「俺が言いたいことはそれだけだ。それでもまだあの人を苦しめるなら……俺が許さない」

内視鏡で撮影した画像を使って、患者に病状を説明していた日下は、退出した患者とすれ違いに小部屋に入室してきた築城と顔を合わせた。

「今、桐生剛に会ってきた」

開口一番にそう言われ、日下は驚きに目を瞠《みは》る。

「そんな……どうして……」

日下の問いには答えず、隣の椅子《いす》に腰を下ろした簗城は、映し出されている画像に目をやる。

「言いがかりで痛めつけられるあんたを見てるのは、もうたくさんだ」

たしかに精神的に参って診療にまで支障を来《きた》していれば、患者ばかりでなく病院や同僚にも被害が及ぶ。事実すでに簗城には迷惑をかけていた。

「……すまない。でも、これは俺の問題だから——」

剛には許してもらわなければならない。許してもらえなくても、謝り続けなくてはならない。

「あんたさ」

日下の言葉を遮《さえぎ》って、簗城は日下に向き直った。

「本気で桐生さんの死が自分の責任だと思ってるわけ？　あの弟の気が済むまでなにを言われても我慢して、医者としても人間としてもぼろぼろになってもしかたがないんだって思ってんのか？」

「……簗城……」

責める口調《くちょう》でありながら、簗城はどこか自分がつらそうな顔をしていた。

「桐生さんの症状に気づかなかったことが自分の責任だって言い張るなら、それでもいい。けどな、そんなこと思い込んでるのはあんただけだ。あいつだって、本当はそれが言いがかりだってわかってる。肉親を亡くした悲しみを乗り越えられなくて、それをあんたへの恨《うら》みに変えて足掻いてるだけだ。桐生さんの親友としてあんたがやらなきゃならないことがあるとしたら、あの弟をしっかり立ち直らせてやることだろう？　一緒になってのたうち回ってて、なんになるんだ」

剛を自分が立ち直らせる……？

そんなことは、考えたこともなかった。いや、自分の罪にばかり囚われて、剛自身のつらさに気づいていなかったのだ。

築城は呆然とする日下の肩を摑んで、強く揺さぶった。

「頼むから……しっかり目を開けて見てくれ」

あまりにも必死な顔と熱の籠《こ》もった眼差しが不思議で、日下はただ眼前の築城を見つめていた。どうしてこの男は、日下のことにこんなに躍起《やっき》になっているのだろう。誰も気づかなかった日下の暗部を暴《あば》き、そこで這い回っている日下の腕を摑んで引っ張り出そうとする。

「過去を忘れろと言ってるんじゃない。それを受け止めて、医者として、ひとりの人間としてこれからどう生きていくのか、よく考えてくれ。あんたがこれからも医者を続けていきたいと思ってるなら、力を貸す。そばで見てる。あんた次第だ」

暗闇の洞穴《ほらあな》の中に、はるか頭上から一条の光が差す。

それはずっと乞《こ》い求めていたもので、しかし自分には与えられないと思い込んでいたものでもあった。

……本当に……？

その光に手を伸ばしたいと切望しながらも、それが本当に自分に許されることなのだろうかと、躊躇《ためら》いながら仰ぎ見る。

これからも医師でいていいのだろうか。戻る資格はあるのだろうか。

「……どうしたい？」

その声に現実に舞い戻り、真剣な眼差しで問いかける築城の顔を、逡巡《しゅんじゅん》しながら見つめる。

「俺、は……」

喉《のど》が渇く。

望みを口にすることは、ひどく自分勝手な気がした。志半《なか》ばで逝《い》ってしまった桐生や、その死に打ち拉《ひし》がれている剛、治療方針の誤りで危機に晒してしまった患者のことを考えるとなおのこと。

しかし、悔いるだけではなにも生まれない。そこから自分がどうすべきなのか、どうしたいのかを考えて行動することが、医師の使命であり生きる者の果たすべき道だと築城が言うなら——。

手を、伸ばしたい。

少しずつ広がっていく光に、自分の姿が照らし出されていくような気がした。

「俺は……医者を続けたい……」

掠《かす》れた声がこぼれ出る。

——そうだった。

そのために生きてきた。患者の苦しみが消えた晴れやかな笑顔が、なによりも嬉しく誇らしかった。

医師でいたい。これからも人を助けていきたい。

自分がずっと願っていたのは、それだけだった。

築城はゆっくりと頷《うなず》いた。そして日下の手を取り、立ち上がるように促《うなが》す。

「わかった。じゃあ、忠告する。これからもう一度桐生の家に行ってこい。今のあんたなら、医者として見つけられるものがあるはずだ」

医者として見つけられるもの——？

桐生家になにがあると言うのだろう。

「もう、目の曇りは消えただろう？」

医者として——。

自分が医師の目で見落としていたもの。

はっとした日下に、築城は頷き、すべて用は済んだというように椅子から立ち上がると、日下の肩を叩いて先にドアを出て行った。

先ほど、剛は咳をしていなかったか。

激昂《げっこう》しているせいだろうと片づけて、目の前の自分の問題にばかり意識を向けてしまっていたが、苦しそうに肩を喘《あえ》がせていたのは、本当にそれだけの理由だったか。

違うだろう、あれは……。

医師としての冷静な感覚が戻ってきてみれば、剛の様子には紛《まぎ》れもない症状が現れていたことに気づく。

常に備えているつもりだった医師の目が剝《は》がれ落ちていたことに、日下は歯嚙みした。

もう、目が覚めたはずだ。これまでの自分には、二度と戻らない――。

日下は拳を握りしめ、小部屋を後にした。


「……またあんたか。さっきはクソ生意気な外科医まで来るし、成和病院はよっぽど暇らしいな」

剛の皮肉な口調は相変わらずだが、どこか覇気《はき》がない。

先ほどもそうだったはずだ。しかし日下の目は、そんな剛を映していながら見ていなかった。

くそ……、俺はなにをしてた。

自分よりも長身の身体を両手で押し、玄関へ踏み入る。

「おいっ、勝手に入るな！」

「うるさい！　外で毟《むし》られたくなかったら、黙ってろ！」

初めて見せた日下の反抗に、剛は呆気《あっけ》に取られたように目を剝《む》いた。

後ろ手に戸口を閉め、威嚇《いかく》するように剛を見据《みす》えて一歩近づく。

「上がり込むつもりはない。身体を診《み》に来ただけだ」

「なに言って——ちょ…っ——」

剛のワイシャツのボタンを外して肩口まで引き下ろし、ジャケットのポケットから聴診器を取り出すと、たまりかねたように剛が喚《わめ》いた。

「そんなこと誰も頼んでねえだろ、ヤブ医……——！」

言葉の途中で激しく咳き込む。

「その咳はいつからだ？」

聴診器を装着して胸に当てると、剛は唇を嚙みしめながらも沈黙した。医療関係者の弟だけに、大声を出したら日下の耳に衝撃を与えることは知っているらしい。

「深呼吸して……もう一度……」

気胸《ききょう》か……。左……？

「後ろ向いて」

襟首《えりくび》を押し下げ、一気に袖《そで》から抜け落ちたワイシャツを上がりかまちに放る。

肺は胸腔《きょうこう》内に収まっているが、気腫性肺嚢胞《きしゅせいはいのうほう》という肺の表面にできた小さな薄い袋状の部分に、なんらかの刺激で穴が開いた場合、ここから洩《も》れた空気が胸腔内に溜《た》まり、肺が圧縮されてしまう。これを自然気胸といって、症状には胸痛や咳、呼吸困難感などがある。

比較的に痩《や》せ型の若い男性に多く、軽度であれば自然治癒《ちゆ》も可能だが、肺のつぶれが大きい場合には、手術その他の治療が必要になる。

聴診器を外した日下は、もっと早く気づけなかった自分の愚《おろ》かさにため息をついた。どんな小さな症状も見過ごさないと心に誓っておきながら、それが患者と認識した相手にしか対応していなかったなんて、それでも医師と言えるのか。

築城に言われなければ、そのまま見過ごしてしまうところだった。

またへこみそうになったが、そんなことをしている暇があったら、剛を治療するのが先決だった。

体調がおかしいことは自分でも感じていたのだろう、剛は緊張した顔で日下の言葉を待っていた。兄が肺ガンで亡くなっているだけに、不安はあったはずだ。

まずはその不安を取り除くために、病名を告げた。

「左側の自然気胸だと思う。病院でちゃんと検査をしろ。このまま放っておいたら、症状がひどくなる」

安堵《あんど》の表情が広がるが、剛はぷいと横を向く。

「あんたみたいなヤブ医者にかかるのはごめんだ」

「俺が信用できないなら、他の病院でかまわない。けど、必ず受診してこい」

「うるせえな。放っとけよ」

「いい加減にしろ！」

日下は剛を一喝《いっかつ》した。

「……なんだよ、偉そうに」

剛は睨みつけてくるが、日下はもう彼を恐れなかった。

医師として本当に目覚めた日下にとって、今の剛は親友の弟でも日下を糾弾する相手でもなく、ひとりの患者だった。彼を治療することが、最優先されるべき使命だ。

「医者として、そして昇の友人として、おまえの病状を見過ごすことはできない」

「…………」

「それでも無視するっていうなら、引きずってでも連れて行く」


翌日、剛は成和病院に現れ、検査の結果やはり原発性気胸と診断された。

その場で入院措置《そち》を取り、胸腔ドレーンを施《ほどこ》して、肺を圧迫している空気を吸い出した。

「ブラ《嚢胞》はどうする？　念のために切除するか？」

日下の手技よりは他の医師に任せたほうが剛を刺激しないだろうと思い、築城にドレナージを頼んだ。

嚢胞部の破裂箇所は自然に塞がることが多いが、もともと薄くなっている場所のため、再び穴が開くこともある。

日下はＸｐをじっくりと睨み据えた。

「痛み出したのはここ数日だと言っていた。それでここまで肺が萎《しぼ》んでる。ブラもけっこう大きい」

「どうする？」

繰り返し訊《き》かれ、日下は顔を上げた。

「……切除したほうがいいと思う。胸腔鏡、頼めるか？」

これまでの日下だったら、考えるまでもなく胸腔鏡下手術を指示していただろう。再発の可能性があるなら、先に取り除いてしまったほうがいい。

だが、自然治癒が可能であれば、経過を見守ることも大切なひとつの治療法である。

治せるものは完璧に治してしまいたいというこれまでの自分の焦燥《しょうそう》を抑え込み、患者のケースを考慮して判断しようと努めた結果、今回はやはり手術をしたほうがいいと思ったからそう伝えた。

築城はそんな心中まで理解して、日下の診断に同意してくれたようだ。

「了解した」

満足そうに口端を上げて頷く顔が、不思議と優しく見える。

最良の診断ができたことに、日下もほっとして口元が緩んだ。

また一歩、自分は医師として立ち戻れた気がする。

しかしそれは自分だけの力ではない。補助してくれる病院スタッフや、信頼を預けてくれる患者がいたからこそだ。

特に築城には、ずいぶんと助けてもらったと思う。ただ日下の傷をやみくもに覆い隠すのではなく、そこにあるものが本当に傷なのかどうか自分の目で確かめさせ、どんな処置をすればいいのか示してくれた。

彼がいなかったら、きっと自分はまだ暗闇の中を手探りで歩いていたことだろう。膿《う》み続ける傷の幻視に惑わされながら。

こんな情けない自分のために手を差し伸べてくれた築城に、どう感謝の意を伝えればいいのだろう。思いつかない。

「……築城……」

囁くような小さな声に、築城はわずかに首を傾《かし》げた。

いつも身を貫かれるような鋭さを感じた視線が、なぜかほっとするような温かさを秘めているようだった。いや、そうではなく——。

「どうした?」

礼を言おうと思ったのに、築城の眼差しにわけもなく狼狽えそうになって、かぶりを振った。

「……なんでもない」

いずれにしても、礼などに気を回すくらいなら医師としての自分を高めていけと、築城なら言いそうな気もしたから、今は自分のことを考えさせてもらおう。彼はそばにいるのだから、いつでも礼はできる。感謝しているのだと、常に意思表示をすればいいことだ。

そう——振り返れば築城がいるだろうことが、日下には頼もしかった。

事実今も、こうして目の前で微笑《ほほえ》んでくれている。日下を勇気づけ、同時に限りない安心感で満たしてくれる。

少しずつでもいい。一からやり直すつもりで進んでいこう。

窓の外は、目が眩《くら》むほどの真夏の日差しに溢れている。耳を澄《す》ませば、蟬《せみ》しぐれまで聞こえる。

この三年、季節の移り変わりすら気づいていなかった。明けることのない闇夜を、方向もわからずにただ彷徨っていたのだ。

外の明るさほどではないけれど、自分の胸にもたしかに日は差し込んでいる。

剛の手術は滞《とどこお》りなく終了した。

胸の三箇所に一センチほどの穴を開けて、カメラと器具を差し込んでの手術なので、後の傷や痛みも少ない。四、五日で退院できるだろう。

日下が病室を訪れると、剛は一瞬苦虫を嚙みつぶしたような顔をして、窓のほうに視線を逸《そ》らした。

しかし、

「……世話になった」

呟《つぶや》くような声が聞こえ、日下は目を瞠る。まさかそんな言葉をかけてもらえるとは、思いもよらなかった。

「いや……手術をしたのは、築城先生だから。調子はどうだ？」

「自分で確かめれば？」

振り返った剛は、パジャマの胸元に手をかける。

「……ああ」

日下はぎこちない動きでベッドに近づき、剛の胸を開いた。

穿孔《せんこう》部の出血は止まっている。呼吸も穏《おだ》やかだ。

聴診器で聴く胸の音も問題はない。

「順調だ。患部は切除して結紮《けっさく》したから、そこから再発することはない」

安堵して目を上げると、なにか言いたそうな剛の顔があった。

「なにか気になることでも？」

「……いや、頼みがある」

剛が自分に頼みごと……？

返事も忘れて意外な展開に戸惑っていると、ベッドサイドの引き出しに手を伸ばした剛は、中から取り出したカギを、日下に向かって差し出す。

「これは……？」

「家のカギだ。仏壇の花が萎《しお》れてると思うから、世話してきてくれないか」

カギを受け取った手が震える。

「……お参りさせてくれるのか？」

剛はなぜかほっとしたように息をつき、また窓の外に目を向けた。

「いつまでもあんたに当たり散らすなって、いい加減兄貴に怒られそうだからさ」

「剛……」

「エチオピアに派遣が決まったとき、ほんとに嬉しそうだった。もっと早く行きたかったんだろうけど、俺が就職するまではそばにいるって決めてたらしくて」

たしかに昇は、異国の地で生き生きと働いていた。患者は引きも切らなかったけれど、「診た分だけ、患者は病気のつらさから解放される」と時間を問わずに受け入れていた。

「それからたった半年足らずだ。心残りがなかったとは決して言わない。けど、医者として精一杯やってきたと思う」

「……ああ、立派だった」

剛の目が日下を振り返る。

「あんたもそうだって……認める。ヤブ医者なんて言って悪かった」

「……………」

突然の謝罪に、言葉が出ない。

自分が立った場所だけ残して、周囲の景色が回転するように変わっていく。

果てしなく続くと思われていた苦悩から一瞬にしてすくい上げられ、訪れた解放が現実のことだと、すぐには信じられなかった。

「……本当に……？」

掠れた声で聞き返すと、剛は決まり悪そうに苦笑いする。

「これ以上八つ当たりであんたを苦しめるなら許さないって、あの外科医にも言われたよ」

……築城が――。

剛のところに乗り込んだ夜、築城は剛の病状を見逃していた日下にも、必死の表情で訴えた。

しっかり目を開けて見ろ、と。

日下を医師として立ち直らせるための助言だけでなく、剛にもそこまで言ってくれていたなんて――。

同僚でしかない自分にどうしてそこまでと疑問に思う一方で、これまでの数々の場面で築城の存在がなければ無事には済まなかっただろうことの多さに、改めて気づく。

しかも日下の前に現れたときから、築城は手を貸してくれていたような気がする。きっと日下自身がまだ気づいていないことも、あるのではないだろうか。

医療に関することならば、ただありがたいと思って受け入れてきたけれど、それだけではない。日下個人の人生にも手を差し伸べてくれていた。

どうしてそんなに俺を――？

剛が退院した数日後、日下は別の患者の退院を見送っていた。

校内検診のXpで縦隔腫瘍《じゅうかくしゅよう》が発見された十七歳の少女だったが、自覚症状がなかったこともあり、手術での摘出《てきしゅつ》を頑《がん》として拒否していた。

しかし術前には正確な組織診断がつかないことが多く、万が一悪性の場合を考慮すれば一刻も早い治療が望ましい。

日下と築城はふたりがかりで数日の説得を試み、必ず胸腔鏡下手術で最小限の術痕に留めることを条件に手術を承諾させた。

実際摘出した腫瘍は良性で、患者は最短の入院期間で全快となった。

「日下先生、ありがとう。お世話になりました」

「早くよくなってよかったね」

「うん。先生、わがまま言ってごめんね」

思いがけない言葉に、日下は目を瞠った。

「あれからわかったの。良性だって診断されたから、こうやって安心できるんだって。わからないままだったら、ずっとビクビクしてたと思う」

じんわりと心にしみてくる喜びを嚙みしめながら、日下は微笑した。

「……そうだね。傷もそんなに日立たないだろう？」

「うん、これなら来年は水着が着られる。あ——、築城先生！」

少女が手を振った先の玄関では、長身が白衣を引っかけて出てくるところだった。

「先生、ありがとう」

「さっさと治療してよかっただろ？」

「だってー、痕が残るのやだったんだもん」

「なに言ってんだ。病気と闘った証《あかし》なんだから、勲章《くんしょう》なんだよ。傷なんかで文句つけるような男は振ってやれ」

「あはは、そうする。そしたら代わりに先生が彼氏になってくれる？」

「患者とはつき合わない主義なの。ほら、タクシー待たせてるだろ」

少女と母親を乗せたタクシーが走り出したのを見送ると、隣にいた看護師が築城の顔を覗《のぞ》き込んだ。

「先生の主義は初めて聞きましたけど、スタッフはどうですか？　職場恋愛も自粛《じしゅく》？」

築城は肩をすくめ、首を傾げる。

「さあ。そのつもりがなくてもはまっちまうのが恋愛なんじゃないの」

「あらっ、情熱的〜」

連れだって院内に戻りながら、軽口を叩き合うほどになっていた築城とスタッフの関係に、秘《ひそ》かに驚いた。

成和病院に着任当初は無愛想でスタンドプレイが目につき、それが歳のわりに傲岸《ごうがん》な態度と見られて、孤立するのではないかと危ぶまれた。自分のほうがずっと問題だったくせに、忠告めいたことまでしてしまったくらいに。

しかし実際に同じ場所で仕事をしていれば、自《おの》ずとその人となりは理解されるものである。無愛想だからといって、決して冷たいわけではなく、勝手に動くからといって、手柄を得ようとしているわけではなく、周りのスタッフを信頼していないわけでもない。

多少は築城自身の歩み寄りもあったようだが、医師という仕事に誠実で真摯《しんし》だからこそ、築城はそんなふうに行動するのだと、みんなわかってきたのだろう。

「それで先生は今、どんな人にはまってしまってるんですか？」

揶揄《からか》うように問いつめる看護師を、築城は嫌そうに見下ろした。

「プライベートは関係ないだろ。仕事しろ、仕事」

背中を叩いて追い立て、やれやれといったふうにため息をつく。ふと歩みを止めて、後ろを歩いていた日下を振り返った。

「ずいぶん顔つきが穏やかになった」

わずかに口端を上げた顔が、思いの外に優しく見える。もともと造作《ぞうさく》の整った男ではあるのだが、仏頂面《ぶっちょうづら》のイメージが強かったせいか、今の微笑は印象的だった。

北風とか氷とか真冬を連想させるタイプだと思い込んでいたが、こうして見てみると、むしろ夏なのかもしれない。

日差しを浴びて輝く漆黒《しっこく》の髪と、意志の強さを感じさせる眉。曇《くも》りなど微塵《みじん》もない瞳には、奥底で情熱が燃えているようで――。

いつの間にか見とれていたことに気づき、日下は狼狽えた。

……なんだ、情熱って……。

たぶん仕事に対する前向きさを感じ取ったのだろうと、自分を納得させる。

「築城先生のおかげだ。桐生の弟とも和解できたし……あ――、まだ外来の診療が残ってるから、これで」

しかし、喋っているうちにわけもわからず鼓動が速まってきて、日下はまるで逃げるように踵を返した。

通路を外来に向かって歩きながら、自分の動揺に理由が見つからず困惑する。

今さら築城の顔を意識することなどありえない。毎日のように職場で顔を合わせ、そればかりか裸で抱き合って、身体の隅々まで目にしているはずなのに——。

そう考えて、ちくりと胸が疼いた。

同時に、先ほどの築城の言葉が脳裏でこだまする。

『そのつもりがなくてもはまっちまうのが恋愛なんじゃないの』

愕然《がくぜん》として立ち止まり、思わず口元を手で押さえた。

まさか俺は……築城のことを——？

理由にするには、あまりにも突拍子《とっぴょうし》もないものに見えた。なぜ自分が、あの男に惹《ひ》かれるというのか。

たしかにこの一か月、ぼろぼろだった日下をぎりぎりの縁で繋《つな》ぎ止めてくれたのは築城だった。強引なまでの態度でこの手を摑んでくれたから、日下は踏み留まることができた。

それだけではない。患者に対しても剛に対しても、日下が気づかないうちに手を尽くしてフォローしてくれた。

けれど、それはすべて日下を医師として立ち直らせるための手助けだ。以前の日下を知っていたから、築城は今の日下が歯痒くてしかたなかっただけだ。

初めは突っぱねようとした築城の手が、厚い胸が、弱り果てていた心と身体にはあまりにも温かくて、つらさを忘れさせてくれるようで思わずすがってしまったけれど、今の自分にはもう必要のないもののはずだ。

そう自分に言い聞かせるそばから、切なさが胸に溢れてくる。今しがたの築城の微笑が脳裏を離れず、苦しいほどだ。

「そんな……」

我知らず呟いていた。

これは恋の痛みだと、漠然《ばくぜん》と確信した。

自分が築城に恋——自覚したと同時に虚しすぎる想いだと嗤《わら》いたくなる。

誰よりも真摯に日下のことを考えてくれた築城だけれど、日下を相手に恋愛感情を持つことは決してないだろう。

本気で日下を叱《しか》り、医師としての道を示し、そして日下を庇《かば》ってくれたけれど、それは日下自身に特別な感情を持っていたからではない。

その中にセックスが含まれていても、意味はない。常識には拘《こだわ》らない築城の、非常時の応急処置だったのだ。

日下が医師として再出発する目処《めど》がついた以上、築城にしてもこれまでのような接し方はしなくなるはずだ。自分たちの関係は、単なる同僚に戻る――。

ふいに自分が立っている足元が不安定になったような気がして、通路の手すりを両手で握りしめて身体を支えた。

なにを動揺することがあるだろう。築城自身が消えてしまうわけではない。これまでの関わり方が特殊だっただけで、その関係はもう不要だから、本来の間柄に戻るだけ――それだけのことだ。

そう、互いの家を行き来するようなことはもちろん、仕事以外でふたりきりになることもなくなるだろう。あの肌に触れることも。

「……っ……」

築城の逞しい胸板や強い腕の感触が蘇《よみがえ》って、背筋が震えた。

あの感触が恋しい、寂《さび》しい。

感傷的な自分を笑い飛ばしたいのに、後から後から甘狂おしい気持ちが込み上げてきて、胸が苦しい。今どき十代の少女だって、こんな拙《つたな》い恋心を抱かないだろう。

唇が震えそうになるのを堪えて、深く息を吐き出した。

――むだな想いを抱くな。

揺れる心に言い聞かせる。

築城は自分に、なんの感情も持っていない。それに関しては、日下は爪の先ほども期待を持つことができなかった。

これまでに自分が築城にかけてきた迷惑を顧《かえり》みれば、恋する者特有の希望的観測すら抱きようがない。本当に厄介者《やっかいもの》だったのだ。こんな自分に、よく辛抱《しんぼう》強くつき合ってくれたものだと思う。想われているわけでもない男を好きになってどうする。今度は報われない恋に悩むつもりなのか。

それに今の日下に、これ以上回り道をしている時間はないはずだ。今度こそ医師としてしっかりと進んでいかなくてはならないのに。

そもそも築城はそれを望んで、日下に手を差し伸べてくれたのだから。築城の恩に報いるつもりなら、医師としても人間としても独り立ちするべきだった。

なによりも築城の人生を、これ以上日下に関わらせてむだに費《つい》やさせてはいけないと思う。自分のためにも築城のためにも、この関係は終わらせるべきだ。

日下は丸めていた背筋を伸ばし、手すりを離して歩き出した。

もう彼の手を望んでは――いけない。

その日の夜、小児科《しょうにか》患者の気管支嚢胞《きかんし》の術前説明に、執刀医と呼吸器内科医として、築城と日下も同席した。

説明は短時間で済み、患者の両親と打ち合わせを続ける小児科医を残して、築城と日下は席を立った。

揃《そろ》って更衣室へ入る。背中合わせでロッカーに向かい、白衣を脱ぎ落としながら、築城の気配が気になってしかたない。

そっと振り返ると、驚いたことに築城の視線が待ち受けていた。

焦って後退った日下は、ロッカーの扉に肩をぶつけた。ドアポケットに挿《さ》してあった櫛《くし》が落ちる。

「どうした？」

すでに身支度《みじたく》を整えていた築城はくすりと笑って屈《かが》み込み、拾った櫛を差し出す。

「……ありがとう。……築城——」

向き合って目を見ることすら息苦しい。日下は必死に言葉を繋いだ。

昼間の決意が音を立てて崩れそうだ。体温を感じそうなこの距離を、築城の肩を引き寄せて一気にゼロにしてしまいたくなる。

いけない。今ここでただの同僚に戻らなければ、きっと自分は築城から離れられなくなる——。

衝動を抑え込んで、訣別《けつべつ》の言葉を口にした。

「いろいろと世話になった。もう……なんとかやっていける。だから――」

じっとこちらを見下ろしていた築城の顔が近づいてくるのに気づき、日下は言葉を途切れさせる。

「つく……――」

スチールのロッカーと築城の堅い胸板に挟まれ、逃げ場を失った。片手が目を瞠る日下の頰《ほお》を包み、薄く開いた唇に築城の唇が重なる。

まさかこんな場所でキスをされるとは思いもよらず、日下は呆然として築城の唇を受け入れていた。

自分たちのセックスに本来の意味はないはずで、だからこんなところで、人目を忍ぶ恋人たちのようにくちづけを交わすことなどありえない。

もしかしたら築城は、これからも関係を続けるつもりなのだろうか。

けれど日下には、もうそんなことをする必要はない。理由がない。

では、なぜ。単なる欲望の発散だろうか。そうならば、日下に応じることはできなかった。

だって俺は……この男が……。

好きなのだ。築城を好きになってしまった。

こんな気持ちで抱き合っていたら、いつか必ず築城のすべてが欲しくなる。そんなつもりのない築城を困らせることになる。

だからそんなことになる前に、もう終わりにしなければならない。

舌を差し込まれそうになって、日下は思いきり顔を背けた。

「……よ、せ……っ」

しかし唇は耳朶《じだ》を吸い、首筋へと這っていく。肌が憶えてしまった築城の感触に、いけないと思いながらも陶然としそうになった。

なにも考えずにこのまま身を任せてしまえば、少なくとももうしばらくは、築城の腕の中にいられるだろう。想いは届かなくても、その相手に触れていることはできる。

しかし首筋を強く吸われた瞬間、日下ははっと目を見開いた。

「放せ……っ」

渾身《こんしん》の力を込めて、築城の身体を押し返した。荒い息を繰り返しながら、感触の残る唇を、ワイシャツの袖口で拭う。

引きずられてはいけない。忘れなくてはならない。

「日下さ――」

「もう……おまえとは寝ない」

それだけを告げて、日下は目を瞠る築城の前から立ち去った。

熱を持ってずきずきと疼いているような首筋に指をやりながら、日下は生ぬるい夜風の中を歩いていた。まだ築城の唇の温度がこびりついているような気がして、それを拭い去るように、また感触を反芻《はんすう》するように、何度もそこを撫《な》でてしまう。

築城が日下を立ち直らせようとしたのは、医師としての日下のありさまが納得できなかったからだ。

もちろん築城には感謝している。

他人に関わることなど面倒なだけだ。しかも日下のように厄介な状況に陥った人間に、よく手を差し伸べてくれたと思う。ただの同僚のために、とてもできることではない。

だから築城がなにか礼を望むなら、どんなことでもしたいと思う。それが当然だとも思う。

けれど――。

日下は無意識にかぶりを振った。

けれど、身体の関係は続けるわけにはいかない。

病院を出て黙々と歩いていた日下は、自分が帰路とは違う方向へ向かっていたことに気づいて立ち止まった。

……逆方向じゃないか。こっちは……築城の家だ。

逃げ出していながらその相手の家に向かっているなんて、なにをやっているのだろう。常に意識して抑えつけていないと、気づかないうちに心も身体もひたすら築城へと向いてしまうらしい。

すでに重症だとため息をつく。

築城への想いを自覚したとたんに、恋心はどこまでも膨《ふく》らんで、少しでも彼に近づこうとする。もう離れなくてはいけないのに。

どんなに好きでも、叶《かな》わない想いだ。

築城がまだ誘いをかけてきたのは、日下のように恋愛感情を持っているからではない。それなりに快感が得られる行為だったから、関係を続けようと思った程度だろう。

一度出来上がった習慣を継続することは容易だ。なんの努力も気づかいもいらない。

しかも日下はいつでも好きなときに声をかけられるくらい身近にいるのだし、女性を相手にするように細かいことを気にする必要もない。

でも……できない……。

気持ちを隠したまま抱かれ続けるのは無理だ。

これまでは築城がセックスの最中になにを考えているかなんて気にもしなかったし、気が回るほどの心の余裕もなかった。

でもきっとこれからは、気になってしかたがなくなる。彼の興を削《そ》ぎはしないか、自分との行為に快感を得ているか、……次もあるのか。

惨《みじ》めなほどに築城の一挙手一投足に反応して、媚《こ》びることさえしてしまうかもしれない。それでも築城は手に入らない。

そこまで築城を欲してしまったら、離れられなくなってしまったら、どうしたらいいのだ。医師として迷っていたときよりも、ぼろぼろになってしまいそうな予感がする。

身体の脇で両手を握りしめ、俯いて首を振った。

だめだ……やっぱりだめだ。

もうこれ以上苦しみたくない。今度こそ立ち直れなくなってしまう。

すでに恋に落ちた身で、身体だけなどと割りきったつき合いができるとも思えない。いつかきっとこの気持ちを抑えきれなくなって、ぶつけてしまうだろう。いい歳をした男から本気の恋心を持たれるなんて、築城だって迷惑だ。

今の築城が日下に持っている一般的な好意さえなくして煙たがられるくらいなら、この気持ちはこのまま閉じ込めて、ただの同僚に戻るのがいちばんいい。

結論は明らかで、今さら考えるまでもないことなのに、こうして自分に言い聞かせると、胸の奥から湧き上がってくる切なさに唇が震える。

——築城は日下を好きにならない。

最初から一縷《いちる》の期待も抱けない恋というものもあるのだ。これ以上想いが募って身動きが取れなくなる前に、この恋の息の根を止めてしまおう。

溢れそうになる涙の代わりに、日下は深く長く息をついた。

初めのころに見た鋭いナイフのような視線も、最近のふとした瞬間に見せるほっとするような微笑も、強い力を秘めた腕も、余裕で日下を閉じ込める広い胸も、耳に心地《ここち》よい低い声も——ひとつひとつに別れを告げる。すべて日下の手には入らないものだから。

彼のことを考えるだけで苦しいほどに胸が疼くこの想いも、吐息と一緒に吐き出してしまえ。

残気を吐ききった日下は、思いきるように顔を上げ、踵を返して道を戻り始めた。

思いに沈みそうになる心を無理やり切り替え、具体的な対処法を考えてみる。

これからは、できるだけ距離を置いたほうがいいのかもしれない。そうは言っても、なにかと協力し合わなくてはならない外科医と内科医だ。

場合によっては、病院を移ることも考えたほうがいいのだろう。

あれこれと思いを巡《めぐ》らせながら、いつもの倍以上の時間をかけてマンションに辿《たど》り着いた。

エレベーターを降り、自宅の玄関に目をやった日下は、ドアの前に立った人影に双眸《そうぼう》を見開く。

跳ねた心臓が胸を突き破ってしまうかと思った。

「……築城……」

どうして——。

今の今まで悩み考えていた相手が眼前に立ちふさがり、日下は愛しい気持ちに押し上げられそうになる。

このまま抱きついてしまいたい。しっかりとした身体を抱きしめ、愛していると言えたら——。

爪が食い込むほど拳を握りしめ、衝動を抑えて歩き出した。

毅然《きぜん》とした態度で追い返さなくては。恩知らずだと思われても、ここで不毛な関係は断ちきらなくてはならない。

自分のためにも、築城のためにも。

「なにしてるんだ」

「日下さん……」

動揺を堪えるあまり、思いがけず冷えた声音《こわね》になった。

乗り込んできた築城も、気勢を削がれたようで口ごもる。

しかし日下はあえてそのままの態度で築城から目を逸らし、カギを取り出した。

「もう関係は終わりだと言ったはずだ。うちに来ても上げるわけにはいかない」

自分が解放されたとたんに手のひらを返したと思われるだろうか。

でも、他にどうしようもない……。

もしかしたら、気持ちを打ち明けたら、築城は日下を受け入れるかもしれない。

けれどそれは同情だ。拒んだらまた日下が崩れるかもしれないと懸念《けねん》して、しかたなく相手をするのだろう。

そんなのは嫌だ。哀れみや同情が欲しいんじゃない。欲しいのは……この男の愛情だ。

「早く帰れ。明日もまた仕事だろう」

日下はそう言い置いて玄関に入ったが、ドアが閉じる前に築城が割り込んできた。

「ちょ…、おい、築城——」

久しく見なかった、あの獣《けもの》のように鋭く熱を孕《はら》んだ視線に捉《とら》えられ、日下は息を呑《の》んで見入ってしまう。

男ふたりには狭いたたきに立った築城は、間近から日下を見据えたままドアを閉めて施錠《せじょう》する。

「……あんたが欲しい」

一歩近づかれて身体が密着し、しかし日下はもう背後に退けず、玄関の壁に背中を押しつけられた。

剣呑《けんのん》なほど真剣な表情で見下ろされ、日下は声も出ない。

拒絶してなお築城が強引に迫ってくることなど、予想もしていなかった。

築城なら相手に不自由はないはずだ。それが遊びの関係だとしても、いくらだって喜んで応じるだろう。

それなのになぜ日下を追いかける。

できない……そんなの、俺には……。

こうして身体が触れ合っているだけでも、胸が高鳴って苦しくなるくらいなのだ。互いのワイシャツを隔《へだ》てただけでは、築城にこの鼓動が伝わってしまう。

「……同じことを何度も言わせるな。俺は——」

ふいに髪を掴まれ、言葉を途切れさせた唇に、築城は嚙みつくようにくちづけてきた。

「……んっ、ぅう……」

熱い舌が、日下の口中を縦横無尽に掻き回す。

築城の身体を押し返そうとした両手は摑まれ、顔の両脇で壁に張りつけられてしまった。

逃れようと首を振っても追いかけられ、そのたびに角度を変えて深くなるくちづけに、新たな官能を刺激される。

この男は、こんな激しく奪うようなキスをするのだっただろうか。

憶えている限りでは、日下の思考を搦《から》め捕《と》り、頭の中まで犯すような、甘く蕩ける感触だった気がする。

こんな経験不足の少年のような余裕のない求め方は築城らしくないと思いながら、しかし拒絶の意志を失いそうなほどの希求を感じて、日下は酔わされていく。

がくりと膝が崩れ、摑まれた腕でぶら下がりそうになった身体を、築城はしっかりと抱きすくめて部屋の中へ進んだ。日下は靴を履《は》いたまま引きずられていく。

「ま、待て……築城……っ」

室内は昼間の熱気が籠もっていて、揉み合う身体がいっそう汗ばんでいく。

リビングを横ぎり、開いたままのドアから間続きの寝室へと踏み込んだ。もつれ合った身体で、ベッドに倒れ込む。

覆い被さった築城と目が合い、しばらくは互いに荒い息を繰り返す。

熱い肌と身体の重みに、眩暈《めまい》がしそうだった。

「……いい加減にしてくれ。もうこんなことは、互いに必要ないだろう？」

「医者としてやっていけるから？　もう眠れなくて悩むこともないから？」

鼻先に吹きかかる吐息に擽《くすぐ》られ、唇が震える。顔を傾ければ届きそうな築城の唇を、自分から迎えに行ってしまいそうだ。

「……そうだ。おまえには本当に世話をかけたけど……俺はもうだいじょうぶだから――」

「じゃあなおさら今だ。今、あんたが欲しい」

「築城、人の話を聞いてるのか？」

日下のネクタイを解き始めた築城の手を止めようとするが、一瞬早くカラーの間から引き抜かれていった。

「そっちこそ、俺の話を聞かずに逃げたじゃないか」

なんだって……？

築城がいつ話しかけてきたというのか。いくら日下でも、そんな真似はしていないはずだ。

「俺がいつ――」

「ついさっき。更衣室で」

「あれはおまえが……」

話なんかしてなかったではないか。いきなりキスしてきて――。

「あんたが、もう迷わないでひとりで進んでいける、俺を……他の誰も必要じゃないって言うなら、新しい関係を作るしかないだろう？」

なにを……言ってるんだ……？

目交《まなか》いに覗き込む築城を見上げ、理解できない言い分に眉をひそめる。

築城は焦《じ》れたように日下の襟元を摑んで揺さぶった。弾みでワイシャツのボタンが千切れ飛ぶ。

「あんたが好きなんだよ！」

つらそうな顔で声を上げた築城を、日下は呆然と見つめるしかなかった。

……な、に……？

築城は唇を嚙みしめて、日下の首筋に顔を押しつけてくる。熱く湿った吐息を感じて思わず身を震わせると、強い両腕が身動きもままならないほど日下を締めつけた。

「逃げるなよ……頼むから……」

切なげな声音を耳にして、日下の心までがきゅうっと締めつけられる。

「ちが……築城……」

築城が自分を好き……？　そんなはずはない。築城は日下を立ち直らせるために、手助けをしてくれただけだ。

剛に会いに行ってくれたのは、過去を見据えて日下の自信を取り戻させるためだし、セックスだって、不眠に陥っていた日下を、なにも考えずに眠らせるための手段だった。

すべては、不甲斐ない日下が目に余ったからだったはず。

勘違いするな。どんなに甘い囁きに聞こえても、そこに自分が求めるものは存在しない。

首筋を這い上がった唇が耳朶に押しつけられ、日下は意識を引き戻された。

「……築城、やめてくれ……」

「やめない。どうしたら俺のものになってくれるんだ」

直《じか》に言葉を吹き込まれるような囁きに、身体がびくつく。首をすくめてかぶりを振っても、築城の舌は追いかけてくる。

「でき、ない……おまえには、本当に感謝……あ、してる…けど……もう、こんな……ことは……」

諦めきれなくなる。きっと抱かれるたびに想いが深くなって、離れられなくなってしまう。今だって、こんなに心が揺れている。後のことなど考えずに、この腕の中に飛び込んでしまいたいと——。

「どうして……っ、俺じゃだめなのか？　他に誰か好きな奴がいるのか？」

「そうじゃないけど……他の礼ならなんでもするから。だから、こんな——」

「日下さん……！」

突然顔を上げた築城は、日下の顎を摑んで見下ろしてきた。目を逸らすことなど許さないというような強い光を放つ眼差しに、日下は息を呑む。

「代償でこんなことしたがってると思ってるのか？　あんたが好きなんだって……言ってるだろう？」

動きを封じられた日下は、掠れ声を洩らす。

「……嘘だ……」

「嘘？　どうして？」

「おまえは同情しただけだろう？　いや、叱咤《しった》しても意気地がない俺が歯痒くて、我慢ならなくて手を貸してくれただけじゃないか」

「日下さん……」

同情や哀《あわ》れみでは嫌なのだと、そんなものではなく愛が欲しいのだと訴えているようなものだと思ったが、日下の言葉は止まらなかった。

「本当は呆《あき》れてたはずだ。情けない男だと、こんな奴が医者だなんて頼りなさすぎると……俺を抱いたのだって――」

「もういい」

顎を摑んでいた手が、ふいに日下の口を覆った。

見上げた目に、眉根を寄せた築城の顔が映る。

「たぶん……そんなふうに思われてるんだとは想像してたけど、実際言われると堪《こた》える」

なにを言っているのか。これが事実ではないか。

「同情だの手助けだので、男が抱けると思ってる？　少なくとも俺にはできない」

ゆっくりと手がずれていき、指先が唇をなぞる。

「俺が今、こんなに必死になってるのは、あんたを放したくないからだ。いや、今度こそあんたと作りたい関係があるから——日下さん、もう一度言う。好きだ」

真摯な光をたたえた目が、じっと日下を見つめた。

「あんたを愛してる」

聞き間違えようのない言葉を差し出されて、しかし日下は戸惑った。

なぜ築城が自分にそんなことを言うのだろう。日下の態度があまりにも見え透いていて、また同情心を起こしたのだろうか。

「そんな……」

「信じられない？　どう言えば、この頑固な頭はわかってくれるんだろうな……」

ため息をついた築城は、汗で額に張りついた日下の髪を撫でる。大切なものを扱うようなその指先の動きと温《ぬく》もりに、泣き出したくなるような愛しさと切なさを感じた。

「最初はたしかに、あんたを情けないと思った。俺が知ってる日下理晶は、周囲の羨望《せんぼう》と期待を集めた優秀な医者だったから。あんたは……研修医だった俺の憧《あこが》れだったよ」

過去を懐《なつ》かしむように、築城はわずかに目を細めた。

「そんなあんたが、見当違いの罪にはまって挫けてるのが、どうにも許せなかった。もっと迷いなく真っ直《ま》ぐ《す》に、俺の前を進んでいるべきなのに……患者のためにも元に戻ってほしくて、口出ししたけど……俺も焦ってたんだろうな。実際に憔悴《しょうすい》してるあんたを見てショックだったのもある。きついことを言って、逆効果だったり……」

日下の造作を確かめるように、指は眉から瞼《まぶた》、鼻梁《びりょう》をそれて頬へと滑っていく。

「そうやってそばで関わっていくうちに、ひとりで堪えてさまよってるあんた自身が、愛しくてしかたなくなった。医者として立ち直ることよりも、まず苦しみや悲しみから解放したくて、そのためならどんなことでもしてやりたいと……思ったんだ」

築城がそんなことを考えていたとは、自分のことでいっぱいになっていた日下には想像もできなかった。

本当に……築城は俺のことを……？

唇に戻ってきた指は、紅を引くように輪郭《りんかく》をなぞる。

「あんたが俺をただのお節介だとしか思ってないことはわかってたし……どっちかって言ったら苦手なんだろうとも思ってた」

「築城――」

そうじゃない。築城の言動の奥に潜む優しさに気づき、いつしか恋に落ちていた。今はその想いが切なくて苦しくて――。

築城の言葉を否定してそう告げたかったのに、唇を指で押さえられる。

「混乱してるあんたを無理やり抱くようなこともしたし……悪かったと思ってる。許されることじゃないと今でも思う。けど、俺の気持ちを伝えたかった。あんたを愛してる俺がここに、そばにいるんだって知ってほしかった」

眦《まなじり》の上がった目が、日下の心まで射貫《いぬ》く。胸が震えて、息もできない。

「この関係は、あんたが言うようにもう終わりにしよう。けれど……もう一度始めたい。今度は俺を後輩でも同僚でもなく、あんたを愛してる男として見てほしい。身体も心も、あんたのすべてを欲しがってる俺を……」

——恋が、叶う。

片想いだとしか考えられなかった。自覚したときから、どうにもならないのだと諦めることを自分に強《し》いていた。

幸せな結末など夢想することさえ憚《はばか》られて、恋する苦しさから逃れることばかり考えていた日下を、築城は好きだと言ってくれる。

胸がいっぱいで言葉も出ず、ただ見上げていた築城の輪郭が、次第にぼやけてきた。ゆらゆらと揺れる姿に目を瞬《しばた》くと、熱い滴《しずく》が目尻を伝っていった。

「泣かないでくれ……あんたが泣くのは見たくない」

押しつけられた唇が涙を吸い取る。

「気持ちを押しつけてるのはわかってるんだ。けど、どうしても……あんたを諦められない……」

「違う、そうじゃない……」

日下は築城の肩を押し返し、ぎこちない指先でその頬に触れた。

本当に――この男に触れても許されるのだ。閉じ込めるしかないと思っていたこの想いを、打ち明けていいのだ。

胸を占めていた築城への気持ちを、ひとつの言葉に集約して伝える。

「……築城が好きだ。愛してる……」

「日下さん……」

驚きに瞠られる目をじっと見つめ返した。

「……ほんとに？」

築城らしくもなく躊躇いがちな問いかけに、はっきりと頷く。

「じゃあ、どうして――」

「これ以上甘えちゃいけないと思ってた。おまえは俺を立ち直らせるために、そばにいてくれたんだから……と。でもこれからも寝てたら、おまえを放せなくなる。おまえが俺に飽きても、つきまとって……すがりついて……」

ふいにきつく抱きしめられた。耳元に押しつけられた唇が、深い吐息と共に囁く。

「よかった……追いかけなかったら、あんたをなくすとこだった……」

「……築城……」

築城は唇を頬に滑らせ、至近距離で目を合わせる。

「もう……わかったよな？　互いに同じ気持ちだって。あんたを俺のものにしていいんだよな？」

言葉の代わりに築城の背中を抱き寄せた。

唇が重なる。互いの口中を探るように伸ばしていた舌が絡み合う。

息をする間も惜しくて貪るようなくちづけに、頭の中がくらくらと揺れる。

「……っ……」

唇を解いて顔を見合わせると、汗に濡れた顔があった。互いの発する熱が、ただでさえ蒸していた室内の温度を、さらに上げたような気がする。

日下のシャツを肩から剝ごうとした手がふと止まり、築城は寝室を見回した。それから自分と日下を見比べ、しばらく迷っていたようだったが、思いきりをつけるように短い息を吐く。

「このままじゃ、きっと途中であんたを気絶させちまう」


一緒に浴室に入り、ぬるいシャワーを浴びた。

日下の手から海綿を取り上げた築城は、甲斐甲斐しい手つきで項《うなじ》から擦り上げていたが、いつの間にかそれを手放して、泡のついた手で日下の身体を撫で回している。

「……よせ……っ、あ……」

背中にぴったりと寄り添った筋肉質の身体は、日下の制止など取るに足らないもののように振る舞う。

喉を滑って胸元を這い、小さな肉粒をぬるぬると擦る。

築城に触られるようになるまで存在すら曖昧《あいまい》だったのに、すでにそこは日下にとって性感を得る場所になってしまっていた。

思わず身を捩《よじ》ると、双丘に築城の漲《みなぎ》った雄が当たり、日下は爪先立って狭間に位置を合わせそうになる。

築城のものを太腿に挟むのは、いつもの手順だった。さすがに立位で試したことはないが、身体を支えてもらえばできないことではないだろう。

築城はそんな日下の動きに気づいたのか、しかし身体を遠ざけた。代わりに日下を包むように抱きしめ、耳朶に囁く。

「今日は……最後までしたい」

甘えるような声でねだられて、鼓動が跳ねる。

インサートしたのは最初のときだけだった。それが日下の身体を気づかってのことなのか、後ろを使ったセックスが好みではなかったのかはわからないけれど、築城との行為はそういうものなのだと思い込んでいただけに、改めて求められて、日下は戸惑い顔で振り返った。

「嫌?」

「……そうじゃない、けど……」

胸から腹部へと滑り降りた手が、半ば勃《た》ち上がっていたものをやんわりと握る。

「……あっ……」

仰《の》け反《ぞ》って晒した喉の尖りを、ねろりと舐め上げられた。

低い声が肌に染み込んでくる。

「全部……欲しい……」


エアコンをつけておいた部屋の中は、湯上がりのせいだけでなく火照《ほて》った肌に、ひんやりと心地いい空気だった。

バスローブもタオル一枚さえも許されずに素っ裸で浴室から送り出された日下は、身の置き所がなくベッドへ向かった。

待ちきれないようで気恥ずかしかったけれど、それは事実でもあったから、ベッドに潜り込んでコットンブランケットを胸まで引き上げる。

築城はキッチンで冷蔵庫を開けているようだ。他にもなにか用意していたのか、しばらくがさごそして寝室に入ってきた。自分はバスタオルを腰に巻いている。

「はい。倒れないように、水分も補給しておいて」

差し出された水のペットボトルを、枕の上に身を起こして受け取る。

ボトルを口にしながら視線を巡らすと、築城がサイドテーブルに置いた潤滑《じゅんかつ》ゼリーが目に入った。一応自宅に備えてある挿管キットの中に入っていたものだろう。薬箱と一緒に保管してあったはずだ。

「……よく見つけたな」

「つらい思いはさせたくないから」

築城はさらりと返してボトルを日下の手から取り上げると、喉を反らして飲み干す。

上下する喉仏や厚い胸板、堅そうな腹筋が目の前に晒され、日下は思わず俯いた。これまでにさんざん見てきたはずなのに、なぜか気恥ずかしい。インターバルをおかずに、あのままなだれ込んでしまったほうがよかったのかもしれない。

ブランケットを捲《めく》って隣に滑り込んできた築城は、日下の背中を抱き寄せて肩口に唇を押しつけた。

背後から胸へと滑ってきた指先が、両方の先端を捕らえる。柔らかな肉粒を指の腹で押し回され、爪の先に引っかけるようにして弾かれると、きゅっと勃ち上がってしまう。

甘い疼きに吐息を洩らす間もなく、指でつままれて擦られ、喉を晒して喘いだ。

「あのとき――」

耳朶を唇で挟まれ、舌先で撫でられながら声を聞く。

「ナマであんたの中に入ったとき……すごく熱くて、柔らかいのに締めつけてきて……」

「……築城――」

返事のしようもないことを言わないでほしいと、紅く染まった目元で振り向けば、待ちかまえていたような唇が重なってきた。

「……ぅん……っ……」

歯列をなぞられ、口蓋《こうがい》を擽られ、応じることもできない日下の舌が行き場をなくす。

喉奥まで舌で探られ、大きく開いた口の端から唾液が溢れた。

「ん、く……っ」

「夢中だった……」

顎を伝う唾液を舐め、ひくひく震える喉に強く吸いつく。

片手は相変わらず乳首を嬲《なぶ》りながら、もう一方の手は脇腹を滑り降りていった。躊躇うような角度で勃ち上がっていたものを手の中に収めると、直截《ちょくさい》な動きで扱《しご》き立てる。

「あっ、あ……」

そのまま弾けてしまいそうになって、逃げるように背を丸めた日下の腰に、背後に重なった築城の下肢で張りつめているものが当たった。バスタオル越しだというのに、その堅さと質量に今さら戦《おのの》く。

「逃げないで……」

いっそう胸の中へ閉じ込められ、身動きもできずに甘狂おしい愛撫《あいぶ》を受けた。

日下の性器に絡んだ指は、充分に隆起《りゅうき》したことに満足したのか、微細な動きを見せ始める。くびれを撫で回し、先端の孔《あな》を擽るように抉り、そこから滴が溢れてくると、水音を聞かせるように指先を踊らせる。

「何日ぶりだっけ……あれから自分でした？」

「して……な…っ……」

擽ったいほど柔らかく包まれて茎を上下され、もどかしさに腰が揺れた。

「じゃあ、いきたいよな。いいよ……」

屹立《きつりつ》を離れた手が、シーツを握りしめていた日下の手を捕らえる。わけがわからないうちに自分のものを握らされ、日下は戸惑いの目で築城を見た。

「自分でやってみて」

「や……」

「嫌じゃないだろ。ほら」

上から重なってきた築城の手が、唆すように動く。握ったものから伝わる脈動が、昂ぶりの度合いを伝えてくる。

築城の手から送られてくる快感を追い始めてしまい、その手が離れたことに気づいても止められなかった。

「……んっ、あ……」

築城の手は双珠をやわやわと揉み、さらに奥へと潜らせるようにして、日下の片脚を大きく開かせる。

ぬる…、と双丘の狭間を滑った指の感触に、背筋に震えが走った。

「あ、あ……っ」

「放さないで。気持ちいいんだろ？ こんなに溢れてる……」

動きが止まって浮きかけた指を、築城の手が性器に絡め直す。

別の手は狭間に忍び込み、指にまとったゼリーを塗りつけるようにしながら後孔を撫で回した。

ときおり中心を突かれ、ピクピクと蠢《うごめ》いてしまう襞《ひだ》の隙間にまでぬめりを施すように、強弱をつけて揉み込まれる。

後ろに向いてしまいそうになる意識を引き戻すように、日下は手にした屹立を扱いた。

息が上がる。

涼《すず》しいほどだった空調が止まってしまったのではないかと思うほど、身体が汗ばんでくる。

「……ひ、ぅ……」

ふいに突き立てられた指に、息を吸い込んだ喉が鳴った。

「あ……あぁ……」

「力抜いて……そっとやるから。……痛くない？」

ゼリーに助けられて侵入してくる指は一本で、たしかに痛みはないのだけれど、押し入ってくる感覚はなんとも表現しがたい。

ゆっくりと根元まで挿し込まれた指が、身体の中で向きを変える。

「あ…っ、……つく、しろ……」

無意識に首を振ってしまい、背後から覗き込んだ築城が頰に宥めるようなくちづけを落とした。

「そんな顔しないで……」

内壁を掻き回していた指が、ある場所を撫でるように擦ったとき、日下の身体は意思を離れてビクリと跳ねた。

「あ、あ……っ」

「ここがいいんだよな……憶えてる」

そうだろう、というようにもう一度掠められて、日下は走り抜けた快感に昂ぶりを握りしめる。

とくんと溢れた蜜が、また指を濡らした。

築城の指は、内壁を拡《ひろ》げるような動きで抜き差しを繰り返す。その律動自体が次第に甘いうねりを呼び起こし、日下は自分のものを煽りながら、指の動きに応え始めていた。

「そう……上手だ」

「ふ、あ……」

ゆっくりと退いていく指を追いかけるように内部が収縮する。次に侵入してきたときには指の数が増えていたが、日下の後孔は包み込むように受け入れていった。

「……は、……ん…っ、くし…ろ……」

「感じるように……自分で動いて……」

自分の身体ではないような気がした。潤滑剤だけのせいではなく、とろとろに蕩けた隘路《あいろ》が、埋め込まれたものをしゃぶるように蠢動《しゅんどう》する。

すでに屹立を扱く手は止まらず、前と後ろで淫らな水音を立てている。ふだんの自分なら、きっと羞恥《しゅうち》が勝って耐えられないはずなのに、もっと感じたくて腰が揺れた。

「あぅ……い、い…っ、どう、し……」

あれこれと思い悩み、そこから逃れるためのすべとして身体を重ねていたときとは違う。ただ純粋にそれを追求するセックスで、築城がこんな自分を見てどう思っているかと、頭の隅で気になりはするのに、快楽に飲み込まれた身体は勝手に動く。

「だいじょうぶだから……いって……?」

耳元で誘惑され、解放に向かって疾走《しっそう》する。

ぐんと膨らんだ昂ぶりが、握り込んだ手の中で脈打った。

「あっ、ああ、あ……──」

白濁が指の間から迸《ほとばし》っていく。

築城の指を含んだ内壁が連動するように収斂《しゅうれん》し、全身がガクガクと震える。湿った荒い吐息に、目の前が白く曇るような気がした。

「……日下さん…っ……」

「あっ、う……」

まだ痙攣《けいれん》するようにびくついている中を探られて、日下は身悶《みもだ》えながら逃れようとする。

「や……待、て……っ」

思わず突っ張った手を摑まれ、築城の指を咥《くわ》えたままの身体を反転させられた。脚の間に割り込んできた築城のせいで、あられもなく開脚し、指はいっそう深く潜り込んでくる。

「んぁ、……つく…し、ろ……っ」

日下を見下ろした目は欲望の光を放ってぎらつき、剣呑なほどなのに、ぞくりとするような心地よさを感じた。

ああ、俺を欲しがってる……。

必死なほどの希求が伝わってきて、官能を刺激される。この男に求められる自分自身が愛しく、誇らしくさえ思えてくる。

「……待てない……っ」

胸元に覆い被さった築城は、さんざん弄《いじ》り回して紅く腫《は》れたようになっていた乳首に吸いついた。

「ふ、あ……っ」

身体中の血がそこへ集まってしまうのではないかと思うほど吸引され、ジンジンと疼く粒を歯で擦られる。

「あ…っ、築城……っ……」

あまりにも甘い声が洩れてしまって口を覆った日下の胸元で、「くそ…っ」という唸《うな》り声が聞こえた。

「ああっ……」

一気に引き抜かれた指の衝撃に震えた脚を抱え上げられ、築城の腰が大きく開かされた狭間に迫る。中心でそそり立っているものを、濡れ綻《ほころ》んだ敏感な場所に擦りつけられ、日下は身を捩って喘いだ。

鋭い角度で勃ち上がっている屹立にぬめりをまといつかせると、築城は先端を押し下げるようにして日下の窄《すぼ》まりに埋め込んでいく。

「く…っう、う……」

無意識に強張《こわば》ってしまう身体に、唇を嚙みしめた築城の顎から汗が滴《したた》り落ちる。

「力抜いて……あんたの中に、入らせて……」

体重をかけられ、築城の身体が重なってくるに従って、膝が胸につきそうなほど折りたたまれる。

張り出したグランスがいっぱいに拡がった入り口をくぐり抜けると、築城の重みのままに茎の部分まで侵入してきた。

「あ……く…っ……」

築城の塊《かたまり》を受け入れた分、内臓が押し上げられてしまったような息苦しさを感じる。身体を貫くものが大きすぎて、まったく力が入らない。

頼りなく浅い呼吸を繰り返す日下の首筋に額を押し当てた築城が、深い吐息をついた。根元まで挿入を果たしたらしく、信じられないほど深い場所から、自分のものではない鼓動を感じる。

「……すごい……このままいっちまいそうだ……」

唇を押し当てながら囁く吐息が熱い。

顔を上げた築城は、わずかに眉尻を下げていた。

「すまない。がっついて、無理させた……苦しい？」

日下はゆっくりと首を横に振る。

築城が欲しがってくれるなら、多少身体がつらいことなどかまいはしない。

「だいじょうぶだ……」

「動いても？」

頷きを返すより早く、身体の中のものが内壁を擦った。

「は…あ……っ」

仰け反った日下の腰を抱えるように摑み、築城は深く貫いたまま律動を送る。掻き回されて、まといつく肉が抗議するようにうねる。

「もう少し……緩めて……」

「……そ……んな……っ」

受け止めているだけで精一杯なのに、どうしろというのか。日下には締めつけている意識さえない。

ずる…、と中を擦りながら動いたものに、背筋を妖《あや》しい疼きが走り抜けていった。

「あ、あ……っ」

「……く……」

引き抜かれかけた築城の昂ぶりが、再び押し入ってくる。突き上げられてあの場所を穿《うが》たれ、日下の全身が震えた。

「や…あっ、つく……しろ、そ……っ」

身体が悦《よろこ》ぶ。官能の在《あ》り処《か》を刺激されて、築城を包み込んだ内壁がざわめく。

「もっと……弄ってほしい？　絡みついてねだってくる……」

その言葉どおりに自分の身体がはしたなく蠢《うごめ》くのを感じながら、築城が与えてくる快感に噎《むせ》ぶ。

抽挿《ちゅうそう》に合わせて頼りなく揺れていた性器が、いつの間にか熱を帯びていた。そればかりか、深く挿し込まれるたびにピクピクと跳ねて、先端の孔から滴を溢れさせている。

「あ、ふ……」

築城の手がやんわりとそれを握り込み、粘ついた音をさせて擦り上げた。

「こんなに感じてくれてると……嬉しい」

隘路に住まう屹立が、ぐん、と膨らみ、内壁を削《けず》り拡げるように行き来する。

「あぅ……く、しろ……っ、い……」

「いい……？」

覆い被さられて、中を穿つものの角度が変わり、掠れた悲鳴を上げた日下の頬に、築城が唇を寄せる。

「……い、いい……もっ……と……」

どこがいいのか、なにがこんなに感じるのか。自分でもはっきりとわからずに、ただもっと築城を感じたいと思った。

荒い息をこぼす唇から、乾いた舌を伸ばす。築城の唇に吸い取られ、絡みつく舌に潤《うるお》された。

「……んっ、…は……、も…と……」

熱が渦巻く。互いの熱が繋がった場所から行き来して、頭の中まで沸騰《ふっとう》する。

広い肩にしがみつき、強靭な腰に脚を絡めて、築城の感触を全身で受ける。

「日下さん……っ」

弱く情けなくても、自棄になっても、どんなときでも見守ってくれたこの男を愛している。

果たして自分が築城に見合う人間なのか、この男を自分のものにする資格があるのかわからないけれど、彼がそばにいてくれるなら、日下はどんなことでもするだろう。

どんな自分にも変われると思う。

だから、そばにいてほしい。

いつまでも離さずに抱きしめていてほしい。

この熱い腕で——。

「あ…あ、あぁ…っ、……もっ……——」

全身を押し上げるようなうねりが腰の奥から湧き上がって、震えながら体内の築城を締め上げる。

それを振り解くほどの勢いで築城の怒張に突き上げられ、日下は最後の堰《せき》を砕かれた。

痙攣するように波打つ身体から迸るものが、築城の腹を濡らす。

噛みしめた唇から低い呻《うめ》きを洩らして、日下の腰が浮き上がるほど築城は腰を進めてきた。

「——……っ……」

自分の上にゆっくりと落ちてくる、汗に濡れた身体の重みが愛しい。

互いの胸を叩き合う速い鼓動を感じながら、日下は築城を抱きしめた。

「あら……日下先生、今日の午後、遠藤《えんどう》さんの内視鏡も入れたんですか？」

午前中の一般外来を終えて、午後のスケジュールをチェックしていたらしい看護師が、予約表を捲って振り向いた。

「ああ、それ。遠藤さん他の日じゃしばらく都合がつかないらしいから」

「でも今日五人もいますよ。だいじょうぶですか？」

「うん。築城先生がやってくれるって言うから、お願いしたんだ」

「……へえ。そうなんだー」

意味ありげに語尾を伸ばした声に、日下はカルテに書き込んでいた手を止めて首を傾げる。

「なに？」

「いえ、築城先生ってやっぱり日下先生には優しいですよね」

他意はないのだろうが、築城と秘密の恋人同士となった身には、なんとなく落ち着かない。

「やっぱりって、同僚なんだから助け合うのは当たり前でしょ。それにこれを優しいって言うなら、きみたちに対してもそうだと思うけど」

看護師は、手にしたボードを両手で揺らしながら頷く。

「まあたしかに、見た目はむすっとしてて取っつきにくそうだけど、細かいとこまで見てるし、すっと手を出してくれますしね。でも最初からそうだったのは、日下先生にだけだと思うなー」

「そ、そう? それは……、ほらっ、あれだ。一応俺って、あいつの先輩だからじゃない?」

極力さりげないふうを装いながらも、しどろもどろで言いわけする。

……すごい。なんでそんなによく見てるわけ?

当初の日下は、日々の苦悩に加え、隠していた過去を築城に暴かれるのではないかと不安ばかりが募って、築城の言動にどんな意図が含まれているのかなど考える余裕もなかった。

そんなふうに……見えてたのか。

本当に築城は自分を見守ってくれていたのだと、改めて思う。

「あー、そうなんですかね。ま、そんな感じだったから、私たちも騎士だなんて言ってたわけですけど」

「え……」

「言ったじゃないですか」

憶えている。洵《じゅん》が王子さまで日下が貴公子だと、揶揄っていたときのあれだろう。

「我らが貴公子を陰からじっと見守ってる感じだったんで、そう命名したんですよ。けっこうはまってると思いません?」

「そんな――」

なんと答えたらいいのかわからずに戸惑っていると、ノックの音がして診察室のドアが開いた。

「日下先生」

現れたのはグリーンの術衣に白衣を引っかけた築城で、看護師は肩をすくめて踵を返した。日下の横を通り過ぎざまに、「白衣の騎士」と囁きながら。

「診察終わったんでしょ。昼飯食いに行きませんか？」

日下が昼食を省《はぶ》きがちなことに気づいて以来、築城は時間が合うと食堂に引っ張っていこうとする。もしかしたらそんなことも、看護師たちには気づかれているのかもしれない。

まあ、いいか。

それにしても数時間前まで一緒にいて、揃って出勤してきたというのに、一応同僚らしく振舞っている築城がおかしい。

「……なに笑ってんの？」

「いや、なんでもない。ちょっと待って。これ書いちゃうから」

「はいはい」

患者用の丸椅子に座って日下の手元を覗き込む築城をちらりと見上げ、彼がそばにいる幸せを実感した。

END

白衣は情熱《こい》に溶けて

築城一馬《つくしろかずま》は、職場である成和病院《せいわびょういん》の医局で、苦虫を嚙《か》みつぶしていた。

すでに日勤の定時を過ぎ、院内は準夜勤務に入っている。昼間より人数が減ったスタッフは、全員それぞれの仕事に就《つ》いていて、医局内には築城しか残っていない。

デスクの上には、来月のシフト表があった。月末が近づくと、翌月の夜勤や院外待機のシフトが組まれて手渡される仕組みだ。

配られたそれを、ここ毎月の習慣で日下理晶《くさかまさあき》と照らし合わせたのは今朝のこと。

来月は十二月——といったらクリスマスだ。

日下と想いが通じ合って初めて迎える一大イベントだけに、築城は早くからあれこれと計画を練っていた。人気のプレゼントや流行《はや》りのレストランなど、巷《ちまた》に溢《あふ》れる情報にこれほど踊らされるのは、初めてのことかもしれない。

それなのに——。

まさにイブの夜、築城には夜勤が割り当てられていた。

今またシフト表を手に取り、薄いプリントがはためくほどのため息を洩《も》らす。

何度眺《なが》めたところで、シフトが変わるわけではない。

もちろん都合が悪ければ、他の医師と相談して振り替えることも可能だが、なにしろクリスマスイブだ。予定のあるなしはともかく、誰だってイベント気分を楽しみたいことだろう。それを替わってくれとは言い出しにくい。

それに、そうまでしてイブの時間を欲しがっていると知られてしまうのも、根掘り葉掘り問いつめられそうで厄介《やっかい》だ。

おまけに、これは……。

なんの陰謀か、翌二十五日は日下が夜勤になっている。

日下が築城と過ごすために、誰かとシフトを交替してくれるなどということは期待できそうにもない。どちらかと言えば、夜勤に当たっていなかったとしても、頼まれたら替わってしまうようなタイプだ。

いつまでも未練たらしく眺めていてもしかたないと、築城は気持ちを切り替えるように短く息をついて、シフト表をデスクの上に置いた。

「築城先生」

聞き慣れた柔らかな声に戸口を振り返ると、帰り支度《じたく》を済ませたらしく淡いカーキ色のコートを羽織《はお》った日下が立っていた。

「まだ帰らないのか？」

築城が今日の予定を終えて私服に着替えても残っていたのは、ムンテラ中の日下を待っていたからに決まっている。

それを気づいているのかいないのか、なんともあっさりとした態度だ。

「日下先生が帰るなら帰ります」

そう答えて席を立つ。ムートンのハーフコートに袖《そで》を通し、廊下との境目で待つ日下の元へ向かった。

「よかったら食事していかないか？　まだだろう？」

「喜んで。かなり冷えてきたし、飲めるとこがいいな」

日下から誘ってくるのは珍しい。というよりも、いつも先に築城のほうが誘うからだろうか。

「ああ。じゃあ、通りの向こうの串《くし》焼《や》きにするか。話もあるし」

先に立って通用口へ向かうほっそりとした後ろ姿に、築城は首を傾《かし》げた。

「話って？」

「うん、後で」

……なんだ？

特別深刻な様子は見受けられないが、改まって話があると言われれば気になる。

日下を追いかけるようにして帝都大医学部付属病院《ていとだいいがくぶふぞくびょういん》から成和病院に職場を移動し、五か月が過ぎた。

日下が築城を認識したのはそのときからだろうが、築城にとっては、研修医時代からずっと気になって目で追っていた人との再会だった。

ある意味濃密な夏を共に過ごし、ようやく彼が背負っていた重荷を下ろして、晴れて恋人同士になってわずか数か月。

見つめてきた歳月は長かったけれど、こうして隣で日下の表情を眺め、なにげない言葉に耳を傾けるたびに、まだまだ彼のことを知らない自分に気づくことも多い。

だからこうして話があるなどと言われると、必要以上に気になってしまう。

長年縛りつけられてきた悩みは解決を見たから、その点は心配していない。ただ単純に、まだ知り尽くすには遠い恋人の、心の中が気になる。

それでなくても繊細な日下だ。なにか胸を痛めるようなことでもあったのかと、築城はここ数日の出来事を思い出しながら歩いた。


衝立《ついたて》で仕切られたテーブル席に座ると、築城はメニューも見ずに肉と海鮮の盛り合わせとビールを注文した。

「なにを慌《あわ》ててるんだ」

日下はおしぼりを使いながら、壁のボードに書かれた「本日のお薦《すす》め品」を振り返っている。

「カンパチのカマ焼きだって。おまえ、好きそうじゃない？」

「そんなことより、話ってなに？　それ聞いてからじゃないと、のんびり飲み食いする気分になれないな」

「ああ、それね。あのさ――」

突き出しの小鉢《こばち》とビールのジョッキが運ばれてきて、言葉が途切《とぎ》れる。

自分が特別短気なほうだと思ったことはないが、日下絡みになると話は別だ。

しかしそんな築城の心中をよそに、日下はジョッキを手にする。

「はい、お疲れさま」

「……ああ、どうも」

ごくごくと喉《のど》に流し込み、口端を拭《ぬぐ》って日下を見つめた。口こそ開かなかったものの、それ以上に態度が早く話せと訴えていたかもしれない。

日下は少し躊躇《ためら》うような様子を見せ、両手でジョッキを包む。

「来月の第二土曜なんだけど……なにか予定入ってるか？」

「第二土曜？」

シフト表はクリスマス前後しか集中して確認していなかったが、たぶんその日はふつうに日勤だけだったと思う。

「定時だけど……日下さん夜勤だった？　替わりたいの？」

「いや、そうじゃなくて」

手を振って否定するものの、今ひとつ歯切れが悪い。

「なに？」

築城のスケジュールが知りたかっただけなら、わざわざ話をする場を設けるまでもないことだ。

「クラシックコンサート……行かないか?」

「えっ……」

視線を逸《そ》らしたままの日下を凝視《ぎょうし》してしまう。まさか、それが言いたかったことなのだろうか。

いっこうに築城からの返答がなかったせいか、日下はようやく目を上げた。口をつけただけのビールで酔ったはずもないのに、かすかに頰《ほお》が上気している。

「ヴァイオリンのソリストが、グレン・パーセルだって。前に好きだって言ってただろう? CDも持ってるみたいだし」

「あ……ああ」

そういえば、そんな話をしたこともあった。クラシックが好きだなんて意外だと、笑われたのを憶《おぼ》えている。たしかにCDを買って聴くのがせいぜいで、コンサートホールにまで足を運んだことは数えるほどしかない程度のリスナーだが。

「コンサートを主催してる会社に、高校時代の友人が勤めてて……昼間連絡したら、チケットを都合してくれたんだ」

築城の反応を窺《うかが》うように、日下は上目づかいでぼそぼそと説明する。

それはもしかして、今朝互いのシフト表を見比べた築城ががっかりしていたせい、などということはあるのだろうか。

「聞けば五年ぶりの来日だって言うし、曲目もクリスマスに合わせて選んであるらしいから……」

日下が自分のために行動を起こして、誘ってくれた——。

胸の奥に灯《とも》った小さく温かいものが、次第に大きく熱を上げていく。それはたぶん、目の前の人を愛《いと》しく思う気持ちだ。

「少し早めになるけど、クリスマスになにもないよりは——……おい、築城……っ」

思わず日下の手を握りしめていた。

「なにやってるんだ、こんなとこで……」

周囲に視線をさまよわせながら焦《あせ》って逃げようとする手を、さらにきつく摑《つか》む。

「行く」

築城の返事が聞こえたのか、日下は目を瞬《しばた》いた。

「行こう。俺たちのクリスマスをしよう」


離れがたくて、築城は食事が済むと日下を自宅へ連れ帰った。

日下が風呂《ふろ》を使っている間に、寝室のデッキでグレン・パーセルのCDをかける。久しぶりに聴いたが、やはり悪くないと思った。

日下と一緒に生演奏が聴けたら、きっと感動するだろう。

心身共に結ばれて四か月。日下に再会したころの暗い影は見えなくなった。研修医時代に初めてその姿を見たときと同じように、自信に溢れた表情で毎日を過ごしている。

いや、あのころとはまた違うのかもしれない。日下にとってはつらいことだったが、この数年間の苦悩によって、実力だけでなく謙虚さと真摯《しんし》さを備え、さらに理想的な医師になったようだ。

もちろんこれまでも人当たりが柔らかく、病院スタッフにも患者にも評判がよかったけれど、秘《ひそ》かな変貌《へんぼう》は感じられるものらしく、いっそう慕われるようになっている。

それは築城にとっても誇らしいことだし、自分が少しでもそれに力を貸せたのだとしたら、こんなに嬉しいことはない。

が、一方で信奉者が増えすぎて妬《や》けることもある。なにしろどんな相手に対しても邪険な態度を取らないので、たびたび築城は後回しにされてしまう。

そんなときには、俺のものだ、群がるな、と蹴散《けち》らしたくなるけれど、実際そんなことをしたら呆《あき》れられるのは目に見えているので、日下にとって自分はそれだけ遠慮《えんりょ》のない気の許せる存在なのだと思うようにしている。

——そうだ。

ベッドの上でヴァイオリンの音色に耳を傾けていた築城は、身を起こして携帯電話を手に取った。

クラシックの着信メロディをダウンロードするサイトにアクセスして、曲を選ぶ。シーズン柄か、クリスマスにちなんだ曲が特集されていた。

「お……あった」

パーセルの演奏を見つけ、築城はアヴェマリアをダウンロードした。日下専用の呼び出し音に設定しておく。

タオルで髪を拭いながら戻ってきた日下が、室内に流れる音楽に苦笑した。先週の休みに築城が買っておいた、ネルのパジャマを着ている。

「気が早いな」

「今から盛り上がっておくんだよ」

手招くと、日下は築城と並んでベッドに座り、CDのジャケットを手にした。

築城は日下の肩を抱き寄せてサイドの髪を撫《な》で上げ、現れた耳から頬へと指先を遊ばせる。湯上がりの肌はしっとりと潤《うるお》い、吸いつくようだ。

「よせよ」

視線を手元に据《す》えたまま、片手が築城を押しやる。

つれない態度はポーズなのだと、最近気づいた。だから抵抗を無視して、腕の中へとその身体を閉じ込める。

「築城、おまえがっつきすぎ。ゆうべもしただろ」

「だって日下さんうちについてきたでしょ。風呂だって入ったし、泊まってくつもりだろ？　それは全部ＯＫだってことだと、俺は理解してるから」

「勝手な――」

唇の端に軽いキスを落として、文句を止める。二度、三度と離れては触れてを繰り返すうちに、次第に緩《ゆる》んできた唇をなぞるように舐《な》めた。

日下の長い睫《まつげ》が揺れ、簗城を見上げる。

ちょうどそのときＣＤの演奏が終わり、日下は我に返ったように簗城の腕の中から身を起こした。頬から首筋にかけてほんのりと色づいている。

「……ＣＤ、終わったぞ。なにかかけるのか？」

「うん……あ、そうだ。ケータイ貸して」

「ケータイ？　俺の？　どうするんだ？」

「いいから」

日下は首を傾げながらベッドを降り、ハンガーにかけたジャケットのポケットから携帯電話を取り出す。

「サンキュ。ちょっと弄《いじ》らして」

簗城は先ほどと同じサイトにアクセスして、日下の携帯にもアヴェマリアをダウンロードした。同じく簗城からの呼び出し音に設定して、日下に返す。

自分の携帯を手にして電話をかけてみると、予想以上にクリアなヴァイオリンの音色が、日下の携帯から流れた。

「これ……」

ディスプレイを覗《のぞ》き込んだ日下は目を瞠《みは》ったが、やがて呆れたように築城を見る。

「日下さんも一緒に盛り上がって」

「……子供か、おまえは」

そっけない返答だったが、それでも設定はそのままに、日下は携帯をベッドサイドに置くと、毛布に潜り込んだ。

「髪ちゃんと乾かしてからじゃないと、風邪《かぜ》引くよ。寝癖つくし」

そう言いながらも、築城も誘われるように日下の背中に重なる。ひんやりと湿った髪の匂《にお》いを吸い込みながら、日下の身体に背後から腕を回した。

「……日下さん」

返事はない。

指先をパジャマの襟元《えりもと》に伸ばすと、息を呑《の》んでかすかに身動《みじろ》ぐ。そっとボタンを外していくと、胸に押しつけた手のひらから鼓動が伝わってきた。

「ありがとう、嬉しい」

パジャマの中に手を差し入れ、なめらかな肌を味わう。身を守るようにわずかに丸めた背中にいっそう密着して、襟足の髪を鼻先で搔《か》き分ける。

「日下さんが俺のためにチケットを手配してくれたことが、すごく嬉しい」

「べつ、に……あっ……」

もう一方の手でパジャマの前を全開にすると、両手で身体のラインを確かめるように撫で回す。

「たまたま雑誌で……来日するって知ったから……訊《き》いてみたら、まだチケットがあるって……あ、おいっ……」

戯《たわむ》れのような手の攻防。

築城は知っている。今の時期になっては、コネがあってもそうそう入手できるチケットではない。日下はなんの労もなく手に入ったような口ぶりだが、おそらくはそれなりに頼み込んで買い求めたはずだ。

自分のために日下が手を尽くしてくれた——それがたまらなく嬉しい。

「ああもう、ほんとに……」

胸の中の身体をぎゅっと抱きしめると、日下は築城を振り返った。

「そんなに好きだったのか？」

「好きだけど、ポイントはそこじゃないだろ。あんたと一緒に出かけられるからじゃないか。日下さんは楽しみじゃない？」

「え……」

狼狽《うろた》えるように視線が逸れる。

ベッドサイドの明かりで産毛《うぶげ》が光る耳朶《じだ》に唇を寄せ、囁《ささや》いた。

「日下さんも一緒にクリスマスを過ごしたいから、チケットを都合してくれたんだって思うのは間違ってる？」

「だから……べつに——あっ、こら……」

片手をパジャマのズボンに忍び込ませる。下着のゴムを潜って、まだ柔らかな性器に直《じか》に触れると、背中がびくりと揺れた。

「つく……、放…せ……」

ズボンの上から押さえつける手を無視して、手の中に包み込む。

「嫌だ。抱きたい……日下さんを、愛したい……」

首筋へと唇をずらしていくと、抵抗とも言えない動きはたちまち弱まっていく。代わりに甘い吐息がこぼれ、掠《かす》れた声が名前を呼んだ。

「……つく、しろ……」

十二月第二土曜日——。

休日だった日下との待ち合わせ場所は、コンサートホール近くのカフェだった。

六時半の開演に間に合うように、終業時刻と同時に病院を出た築城は、電車を乗り継いで目的地に向かう。自分でもおかしいほど気が逸《はや》っているのを感じた。

電車の窓から眺める街はすっかりクリスマス一色で、日暮れを待ちかねていたようなイルミネーションが、そこかしこできらめいている。

これまでも毎年同じような景色を目にしていたはずなのだが、それはただそれとして存在していただけだった。せいぜいが、ああまた今年もこの季節なんだな、と思う程度の。

それがなぜか今年は違う。たかが電飾の輝きにこんなに胸をときめかせるのは、初めてかもしれない。

築城とていい歳をした男だから、過去クリスマスを一緒に過ごした相手が皆無《かいむ》だったとは言わないが、そのときでさえこんなふうに心躍《おど》ることはなかった。

くすぐったい表現だけれど、まるで自分たちのために街全体がドレスアップしてくれているような、そんな感じだ。

コンサートホールの最寄《もよ》り駅に着き、地下通路の雑踏を早足で進む。

すれ違う仲睦《なかむつ》まじげなカップルを目にするたびに、心は自分を待ってくれている愛しい人へと急ごうとする。

いっそここにいる人をみんなカフェまで引き連れていって、日下を見せびらかしたいくらいだ。

階段を上がるころには、外からの冷えた風が吹き込んで肩をすくめるほどだったが、築城はそれに立ち向かうように、コートの裾《すそ》を翻《ひるがえ》して駆《か》け上がっていく。

コンサートホールに向かって延びる遊歩道は、両端の街路樹に巻きついた電球が煌々と照り、光の道のようだった。

この先に日下が待っている。

築城は加速する足のままに、イルミネーションのアーチを進んでいった。

ガラス張りのカフェは近隣の店同様にクリスマスの飾り付けがされていたが、いくぶんシックな趣《おもむき》だった。日下らしい選択だ。

歩く速度を緩めて、待ち合わせや開場待ちの客で賑《にぎ》わう店内に目を走らせる。心なしか華やかな装いの客が多く、照明の照り返しも相まって、思うように視界が利かない。

もう待ってる、よな……？

かすかな焦りを生じながら見回していると、隅のほうのふたり掛けのテーブル席から、こちらを見つめる視線とぶつかった。

いつから気づいていたのか、日下はテーブルに肘《ひじ》をついた両手の指を組み、その上に軽く顎《あご》を乗せるようにして微笑《びしょう》を浮かべていた。

——日下さん……！

カナリアイエローのカシミアのハイネックに、焦《こ》げ茶のジャケットを合わせている。ネクタイを締めていないだけでも珍しいのに、さらに華やかな配色で、それが今日のための装いだと思うといつもよりさらに魅力的に見える。

築城は急ぎ足でドアを潜り、店の中へ入った。

「お待たせ」

「お疲れさま。早かったな。開演ぎりぎりになるかと思ってた」

コートを脱いで向かい側に座った築城は、テーブルに乗り出すようにして肘をつく。

「待たせたくなかったから、ダッシュで来た」

「べつに待ってないよ。時間見計らってるし」

「でも大急ぎで来た俺より先にいたし、これも冷めてるみたいだけど？」

指先で弾いたカップには、少しだけコーヒーが残っている。

日下はなにか言い返そうとしたようだが口を噤《つぐ》み、上目づかいで築城を睨《にら》んだ。そんな顔をされても、嬉しくなるだけだ。

「エスプレッソ。日下さんは？　次はミルクティーでいい？」

ウエイターに注文し、改めて日下に向き直る。

「昼間はゆっくりできた？」

「とりあえず朝寝坊はさせてもらった。おまえはだいじょうぶか？　夜勤明けだろ」

昨日の朝から三十時間超の勤務だったが、何日おきかで繰り返されることだから、身体はとうに慣れている。それに、昨夜の急患はかなり少ないほうだった。

「まったく問題なし。ふだんなら帰って眠りたいところだけど、楽しみで時間が経《た》つにつれて目が冴《さ》えてきてる」

「そんなこと言って……コンサート中に寝たら笑ってやる」

「寝ない。今夜はこの後も、まだいろいろお楽しみが詰まってるからな」

コンサートが終わったら予約したレストランでディナーを取り、その後はどちらかの家へ帰る予定だ。もちろん一緒に。

そういった意味を含めたセリフに、日下はかすかに染まった頬をごまかすように、目を逸らしてため息をついた。

「なんだっておまえは……そう臆面《おくめん》がない言い方をするかな……」

たしかにこれまでの自分だったら、口にしなかっただろうと思う。

必要以上にべたつくのは見苦しいと思っていたし、相手に夢中だと白状するようで格好が悪いとも思っていた。

しかも元来が口べたな質《たち》だ。

それでも強い気持ちはにじみ出るものだろうけれど、しかし細部まで正確なところなんて、はっきりと言葉にしなければなかなか伝わらないものだと思い知った。

「本当に今日が楽しみだったから」

だから、言葉を惜しむのはやめた。少なくとも愛する人の前では。

それほど必死だとも言えるのかもしれない。この人をもう手放したくないから。ずっと一緒にいたいから。

張りついたままの築城の視線に、日下は居心地《いごこち》が悪そうにカップを口に運ぶ。しかし咎《とが》めることはしない。

「照れなくてもいいじゃないか。あんただって楽しみにしてただろ?」

「……知るか。そろそろ出るぞ」

立ち上がって椅子《いす》にかけてあったコートを手にした日下は、先に出口へ向かって歩き出した。築城もこっそり肩をすくめて後に続く。

カフェを出ると、目と鼻の先のコンサートホールに向かう人の流れに合流する。

「日下さんはクラシックコンサートとか、よく聴きに来る?」

「いや……初めてかな。一度くらいは経験しておくのも悪くないだろう」

どことなく緊張気味なのは、そのせいだろうか。めったに見られないその様子は可愛《かわい》らしくもあって、築城は日下の背中に手を回してくつろがせるように軽く叩《たた》いた。

「ただ座って聴いてればいいんだから。寝ててもかまわないし——」

ホールのエントランスが目前に迫り、日下がチケットを取り出すのを足を止めて待っていると、ふいに築城の携帯電話がポケットの中で震えた。

「あ……」

「どうした?」

「電話。ちょっとごめん」

取り出した電話のディスプレイ表示を見て目を瞠る。

「……病院からだ」

「早く出ろよ」

嫌な予感を覚えながら、日下に急《せ》かされて通話ボタンを押す。

『伊東《いとう》だ。悪いな』

「いいえ。どうかしましたか?」

『救急が運ばれてきた。交通事故で三人。オペになるかもしれない。応援頼めないかな?』

「出先なので、一時間近くかかりますけど」

『かまわない。今から検査だから、そのくらいになる』

「わかりました。それじゃ」

電話を切って、こちらを見守っていた日下に目を移す。我慢できずにため息がこぼれた。

「……救急の招集がかかった」

すでに会話の様子から状況を把握していたのだろう、日下に驚いた様子はなかった。

「ごめん……」

入り口はすぐそこだというのに、ここで踵《きびす》を返さなければならないとは。

「なに言ってるんだ。この時間なら、タクシーより電車のほうが確実だな」

日下は小さく笑って築城の腕を突く。

「早く行け」

残念だ。本当にすごく残念でしかたない。

けれど、仕事の呼び出しを振りきることはできなかった。いや、そんなことは考えつかなかった。患者を診《み》ることが最優先なのは、自分たちの義務であり宿命でもある。

ただ、せっかく日下が用意してくれたふたりだけの時間が始まるところだったから、このまま離れるのが切ない。

「——待ってるから」

囁きに目を瞠る。

「俺はこのままホールに行って、予定どおり動くから……築城は終わったらまた来てくれればいい」

街路樹のイルミネーションで、日下の微笑までがきらめいて見えた。

「だからそんな顔しないで、しっかり働いてこい」

「……わかった。行ってくる」

成和病院の救急外来は、ごった返すような慌《あわ》ただしさだった。

「一オペ入ります。滝田《たきた》先生サブお願いできますか？」

「了解」

招集で集まった医師は四、五人いるようだ。

成和病院の救急外来では、積極的に招集をかけるように指導されている。スタッフに遠慮して人手不足で治療に当たるよりは、とりあえず呼びつけて手が余ったら帰ってもらえばいいという方針だ。

「ＣＴ終わりました」

「ＡのＲｈプラス、輸血追加！」

「二オペ準備ＯＫです」

「よし、こっち運んで」

術衣に着替えて白衣を羽織った築城は、中心になって指示を飛ばしていた伊東に歩み寄る。

「伊東先生」

差し出されたＸｐをシャーカステンに張りつけて睨んでいた伊東が振り返った。

「悪いね、築城先生。帰った早々に呼び戻して」

「いいえ」

「これ、さっき撮った胸写」

横に並んで胸部Ｘｐを覗き込むと、折れた肋骨《ろっこつ》がはっきりわかる。左肺下三分の一が白く、胸《きょう》腔《こう》内の出血も認められた。

「血気胸と……肋骨骨折ですか」

傍《かたわ》らの処置台に寝かされた患者は、すでに胸腔ドレナージの処置を受けている。頸静脈《けいじょうみゃく》怒張は確認できないから、緊張性気胸への進展はなさそうだ。思ったよりも重篤《じゅうとく》な状態ではないことに安堵《あんど》した。

「ああ。こっちが腹単だけど……これも異常はないようだな。頼めるか？」

伊東は腹部の写真を指で辿《たど》って確認した後で、築城に処置台横の位置を譲った。

「わかりました」

「伊東先生、二オペお願いします」

「今行く。オペにならないようなら、夜勤に引き継いで帰ってくれてもいいから。それじゃ、よろしく」

手術室に向かう伊東を見送り、処置台の患者を診る。出血はまだ続いているようだ。

「ハーベーは？」

「十五分前の血算で一二・八でした」

血液ガス分析の結果を確認しながら、ドレナージの排液室を横目で見る。

「出血量は？」

「二時間で三五〇ですけど……落ち着いてきてます」

出血量もさほどではない。手術の必要はなさそうだった。

築城は輸液の量を確かめ、看護師を振り返った。

「バイタルチェックを続けながら様子を見よう」

改めて検査結果やXpをじっくりと眺め、患者の診察も行う。

「もう一度写真撮るから、ポータブル持ってきて」

肺の再膨張《さいぼうちょう》の程度を確認するために、ポータブルX線装置を胸部に設置していると、小児科《しょうにか》二年目の高橋《たかはし》が処置室に入ってきた。

「築城先生、お疲れさまです。お手伝いしますか？」

「ああ、夜勤だっけ？」

「ええ、外来にいたらサイレンが聞こえたんで」

高橋に手伝ってもらいながら撮影した写真を、搬送時のものと比較する。

「あまり……変わってませんね」

「うん……もう一本刺すか」

脱気専用のドレーンを追加刺入《しにゅう》することに決め、肋骨の間を切開して、ドレーンチューブを手に高橋を振り返る。

「やってみるか？」

高橋は胸の前で両手を振った。

「いいえ、お任せします。見学させてください」

頷《うなず》いて患部に向き直り、エコーを見ながらチューブを挿入していく。縫合《ほうごう》と接着テープの処置は高橋に任せ、もう一度排液量を確認した。

かれこれ病院に着いて一時間が過ぎている。日下はどうしているだろうかと、手が空いた瞬間にふと頭を過《よ》ぎった。

「なにかお手伝いすることはありますか？」

救急処置室の入り口から顔を覗かせたのは、朝霞環《あさかたまき》だ。成和病院院長の娘で、小児科に勤務している。

「様子はどうです？」

一時期の喧噪《けんそう》が引いた室内を見回して、環は処置台に近づく。

「ふたりオペに入ってます。環先生もまだ残ってたんですか」

「ええ、ムンテラがあったので」

時間を見計らってもう一度写真を撮って確認すると、エアリークは止まったようで肺が膨《ふく》らみ始めていた。

「よかった。これならだいじょうぶだな」

安堵の息をつき、処置内容をカルテに書き込む。

「築城先生、ここは私と高橋先生で見てますから、お帰りになったら？」

「え……」

顔を上げると、環が頷いている。

「経過観察でいいんでしょう？」

「いや――」

「今日は珍しく慌てて帰っていったじゃありませんか。なにか大切な予定があったんじゃないですか？」

なんと答えたらいいものか迷っていると、環は意味ありげに微笑《ほほえ》んで築城の肩を押した。

「だいじょうぶですよ。お疲れさまでした」


着替えを済ませて病院を出た築城は、エントランス前で客待ちをしていたタクシーに飛び乗った。

無事に治療を終えてからもう何度目になるかわからない、腕時計をまた睨む。時間は九時を回っていた。

ギリギリか……もう終わるか……。

ひとりでコンサートホールにいる日下を思うと、治療の間は忘れていた焦燥感《しょうそう》に追い立てられるようだった。シートに背中を着ける気にもなれず、フロントシートの背もたれを摑んで前を見据える。

そんな築城の様子をミラー越しに見たドライバーは、

「病院に急いでくれって言う人はよくいるけど、病院から急いでっていうお客さんはあまりいないね。約束かなにか？」

軽口を叩きながら脇道に逸れる。抜け道を走ってくれるらしい。

「ああ、まあ」

返事をしながらも上の空だった。

コンサートの後は、場所を移動して夕食を取ることになっている。そちらに先回りしたほうがいいのだろうか。

携帯電話を取り出して日下にかけてみるが、電源を切ってあるらしく繫《つな》がらない。ということは、まだ演奏中なのだろう。

ホール最寄りのターミナル駅に近づくにつれて、車の流れが淀《よど》んできた。やはり電車にするべきだったかと悔《く》やみながら、また時計を見る。

「だいぶ詰まってきたなあ。こっからだと歩いて十分くらいですけど、どうします?」

「降りる。停めてくれ」

築城は即答した。十分なら走ればすぐだ。

路肩に寄せるのも待ちきれずに、渋滞で停車中の車の中で精算を済ませると、ドライバーが舗道の先を指さす。

「ほら、あそこ。ビルとコンビニの間。狭いけど通り抜ければ、ホールに続く遊歩道に出られますから」

「ありがとう」

タクシーから降りた築城は車の間を縫《ぬ》って舗道に駆け上がり、ビルの間の道とも言えないような通路を走った。

今夜は数時間の間にさらに冷え込んだようだ。自分の吐く息で白くなる視界を鬱陶《うっとう》しく感じながら、ビルの隙間《すきま》を通り抜ける。

壁との間に見えていた細い縦長《たてなが》の景色が、ぐんぐん大きく広がっていく。イルミネーションを、行き交う人の影が何度も遮《さえぎ》る。

「……っ……」

遊歩道に出た。

人の流れはホールから駅へと向かっている。

――終わった……のか……。

それも次第にまばらになりつつあるということは、コンサートが終了してだいぶ経つのだろうか。

満足そうな表情で声高に感想を言い合って歩く人々とは逆方向に、築城は早足で進んでいく。その間も、日下の姿を見落とさないように、視線をくまなく左右に注ぐのを忘れない。

外気が冷たい。日下が早々に移動してくれていればいいが。

すでに空は漆黒《しっこく》で、冷えた空気のせいか、先ほどよりもイルミネーションの輝きがクリアだった。

瞬く光の渦《うず》の中を走り出す。何事かと驚いたように振り返る人もいたが、気にせずにその間を縫って先を急ぐ。

コートのポケットから携帯を取り出し、もう一度日下にコールした。ちらりと目を落とすと、今度は呼び出しになったようだ。しかし通話に切り替わらない。

再び目の前にそびえ立ったコンサートホールは、今日の仕事は終わったとばかりに照明を減らしてシルエットのように浮かび上がっていた。

足を止め、肩で息をする築城の手の中で、電話はまだ呼び出しを続けている。

ホールの周囲に植えられた街路樹が、電飾をまとってキラキラと輝いていた。乱れた髪を掻き上げた築城は、街路樹の下にいくつか置かれたベンチを見回す。

カップルがひと組、寒さも感じない様子で仲睦まじく語り合っていた。コンサートのパンフレットを広げ、ときおり顔を見合わせて笑い合う。

それを眺めながら歩を進めていた築城は、かすかな音色に耳をそばだてた。

……この音……。

ヴァイオリンが奏でるアヴェマリア。同じ音が、自分の携帯にも登録されている。コールを続ける自分の携帯を握りしめ、ここから鳴らしている相手の音を探す。

ホールにいちばん近い、街路樹の下のベンチ。こぼれ落ちるようなイルミネーションに照らされ、木の陰になったベンチから、コートに包まれた膝《ひざ》下と片手が見えた。その手の中で、淡いブルーの光が点滅している。

築城はその光に誘われるように足を速めた。アヴェマリアが聞こえる。

ベンチに座った日下は近づく気配を察したのか、ゆっくりと振り返った。築城に視線を据えたまま、携帯を口元に近づける。

ヴァイオリンの音色が止まった。

『おかえり』

日下の唇の動きと、耳元から聞こえる声が重なった。

微笑みを浮かべて電話を切る日下を、ただ呆然《ぼうぜん》と見つめる。

嬉しい、というのとはどこか違うような気がした。たしかにこれからまたふたりの時間が再開することは嬉しい。念入りに計画を立てた、待ちに待っていた恋人らしいイベントの夜なのだから。

しかしそれだけではなくて、まるで築城がいなかった間の時を止めていたように、日下がこうしてここで待っていてくれたことに、感動に近いものを覚える。

「築城？」

首を傾げる日下に、築城は我に返ってベンチに近づいた。

「あ……ただいま。ごめん、間に合わなくて」

「ばぁか、なに言ってんだよ。お疲れさま。患者は？」

「ああ、オペなしで治療できた。寒かっただろ。移動してくれてよかったのに」

日下が立ち上がる様子を見せないので、築城も隣に座る。パンフレットが手渡された。

「うん、ちょっと余韻に浸《ひた》ってた。生の演奏はやっぱりいいもんだな。でも——」

言葉を途切れさせて、築城を見つめる。その瞳にもイルミネーションが映り込んで、輝いている。

「……でも？」

無性に抱きしめたいと、衝動が走った。しかしそれを抑え込みながら、言葉の続きを促《うなが》す。

日下は長い睫を伏せて、口元を緩めた。

「今、おまえからかかってきたケータイの曲が、いちばんよかった……かな」

「……っ……」

我慢できずに肩を抱き寄せる。

「おいっ、簗城……！」

抗《あらが》おうとする日下の動きを封じて、胸の中に閉じ込める。唇を押し当てた髪の冷たさに、愛しさがさらに募った。

「おまえ……ここをどこだと……」

「誰も他人のことなんか気にしてない」

抱擁《ほうよう》から逃れることは不可能だと諦《あきら》めたのか、日下はおとなしくなった。そればかりかわずかに体重を預けられたような感覚に、簗城は逆に狼狽えて抱きしめる力を緩める。すると、日下はやんわりと簗城を押し返して立ち上がり、伏し目がちに見つめてきた。

仰《あお》ぎ見る日下の姿は、頭上からこぼれる光に照らされて、いつも以上に美しい。この人が自分のものだということが誇らしく、いっそ周囲に自慢したいほどだ。

「いつまでそうしてるつもりだ。行くぞ」

「あ……ああ」

そうだ。これからディナーの予定だった。

「少し遅れるか。電話しておいたほうがいいかな」

時間を確かめて携帯を取り出した簗城に、先を歩いていた日下が答える。

「もう連絡した。キャンセルするって」

「え……」

振り返った日下は、わずかに築城を睨む。その頬が紅《あか》いのは、寒さのせいだけだろうか。

「今夜はもう、これ以上待てない。早く……おまえを独占したい」


それからはほとんど言葉も交わさずに早足で歩いて、タクシーに乗り込んだ。

あの後、日下がさらに続けた言葉のせいだ。

『本当はコンサートの間中、隣の空席が気になってしかたなかった。仕事なんだから行くのが当たり前なのに、それでも……寂《さび》しかった。一分でも早く帰ってきてくれればいいと、それればかり考えてた』

築城は日下の発言に驚いて、なにを言ったらいいのかわからずにいた。というよりも、言われたこと自体が半信半疑で、自分がなにか返したとたんに、その言葉を耳にした現実が消えそうな気がしたのだ。

この数か月、恋人として接してきて、日下は決してあんな独占欲を露《あら》わにするようなタイプではないと知っている。おそらく、年上としての矜持《きょうじ》や照れがそうさせるのだろう。

それでも態度の端々から愛されていることは感じられたし、甘いいちゃつきが欲しい歳でもないから、それでいいと思っていた。

それだけに、予想外の喜びを与えられて、どう反応したらいいのかわからない。

そっと横目で窺うと、日下は不自然なほどに首を捻《ひね》って車窓を眺めている。ガラスの反射越しに視線を合わせるのすら避けているのか、目も伏せ気味だ。

しかし影を落とす睫と、かすかに開いた唇が含羞《がんしゅう》を漂《ただよ》わせているようで、築城はたまらなくなる。

今すぐにでも抱きしめたい。その唇を奪いたい。

車の流れの鈍さを呪《のろ》いたくなる。

築城は一瞬だけドライバーの様子を確かめると、膝の上で拳《こぶし》を作っていた手を動かした。日下との間のシートを這《は》い、コートに包まれた膝へと指をかける。

小さく身動いだ日下は振り向かなかったが、築城の手を阻《はば》むように手を重ねた。しかし築城はコートの裾を開いて、ウールのパンツに触れる。重なった日下の指先に力が入る。

日下の手を乗せたまま内腿《うちもも》をなぞると、たまりかねたのか、日下が首を回して睨んできた。それに微笑だけを返す。

「……っ……」

指で線を描くように膝から撫で上げ、撫で下ろす。

日下は顔を背《そむ》けると、窓枠に肘をついて口元を覆《おお》った。ときおり対向車のライトに照らされる横顔はほんのりと色づき、視線は落ち着きをなくしてさまよっている。

抵抗する様子がないことに力を得て、築城は手の動きを大胆なものにしていった。心臓が高鳴り、脈がこめかみまで打ちつける。日下も自分以上にどきどきしているのだろうか。

太腿を揉《も》むように撫でながら、下肢《かし》の中心へと移動する。布越しに触れたそこは、わずかに芯を持っていた。

息を吸い込んだ喉が小さく音を立て、慌てたように唇を噛みしめるのが、指の間から見えた。形を辿るように指の腹で撫でる。急速に力を蓄《たくわ》えていく感触。外科医の鋭敏な指先は、衣服越しでも先端のくびれまで感じ取ることができた。

そこを撫で回してやると、太腿が小刻みに震えながら、しどけなく開いていく。

日下はぎこちない吐息を洩らしながら俯《うつむ》き、口元だけでなく顔全体を手で覆った。

ふだんの日下なら、こんな場所で不埒《ふらち》な振る舞いに耽《ふけ》ることはもちろん、必要以上に親密な態度を取ることすら許しはしないだろう。

それを築城にされるがままにしているのは、日下もまた築城に餓《う》えていると、先刻の言葉が本心だと思っていいのだろうか。

着衣の上から触れていても、ときおり脈動が伝わってくる。もっと触りたい、もっと乱れさせたいと、心が逸る。

日下の横顔を盗み見た築城は、パンツのファスナーをつまんだ。それをそっと引き下ろそうとしたとき——。

「この辺ですか？」

ふいにドライバーから声をかけられ、慌てて手を離す。日下が横で深い息を吐き出し、髪を掻き上げた。

窓の外を見回すと、すでに自宅前の通りに来ている。

「ああ、そう。その先のマンション」

ほどなくタクシーは停車し、築城は精算を済ませて先に車から降りた。しかし奥に座っていた日下がなかなか動こうとしないので、ドアに手をかけて車内を覗き込む。

その瞬間、どきりとした。

ルームライトの薄明かりにも紅潮《こうちょう》した頬が見て取れ、潤《うる》んだ瞳が揺れている。

……日下さん……。

激しい衝動が身体の奥から噴き上げてくる。

「あれ？　だいじょうぶですか？　具合悪い？」

ドライバーも振り返って首を傾げている。

「酔いが回ったんだろう。さあ、掴まって」

ドライバーの視線を遮るように手を伸ばして日下の腕を掴み、抱きかかえて車から降ろす。もたれるように身体を預けてくる日下を、しっかりと抱きしめた。

遠ざかるエンジン音を聞きながら、耳元に唇を寄せる。

「立てなくなっちゃった？」

腰が退《ひ》けている体勢で、日下は恨《うら》めしげに築城を見上げた。

「……誰のせいだ……」

「俺も待ってられなかったんだよ。日下さんだって抵抗しなかったくせに」

よろめく身体を支えながら、エントランスの階段を上がっていく。

あとわずかで、誰にも遠慮することなくこの身体に触れられる——そうわかっているのに、そのわずかな時間が待ちきれない。

横で切なげに吐き出される息が耳につく。エレベーターの上昇がこんなに遅く感じられたのは、初めてだった。

玄関のドアを閉じて後ろ手に施錠《せじょう》すると同時に、たたきに立ったまま日下を壁に押しつけてキスをした。

「……んっ……」

仰《の》け反《ぞ》る日下の口中に一気に押し入り、逃げまどう舌に絡みつく。

「おまえ、は……また…っ、こ…んな……あっ、……場所……で……」

非難の声に、過日の夏の夜を思い出した。長年日下を苦しめていた悩みが解決を見せ、それを機に身体の関係を断つと言われた夜。

　築城は途切れてしまう繋がりに焦り、自分の気持ちを伝えるために日下のマンションで待ち伏せしていたのだ。無理やり玄関に押し入ったあのときも、夢中で日下の唇を奪った。

　そう……いつだってこの人は、俺に我を忘れさせる。

　押し返そうとする手を摑んで、首に回させた。背ける顔を追いかけて、何度も唇を合わせる。

　日下の脚の間に膝を割り込ませて逃げ道を封じると、ベルトと前立てを開放する。

「……ん、は……築城…っ……」

「待てないって……あんただって言ってたじゃないか」

　下着の中に手を滑り込ませた。タクシーの中で育て上げた屹立《きつりつ》はいっこうに萎《な》える気配を見せず、築城の手に熱を伝えてくる。

　熱い吐息をこぼす唇を、端から端へと舐める。

「ほら……こんなに堅いし……濡《ぬ》れてる」

　先端を指の腹で撫でると、くち…っと水音がした。

「……あ……あぅ……」

　緩く首を振る日下の足から力が抜け、割り込ませた膝に体重がかかってくる。

　茎を撫で擦りながら、もう一方の手でセーターとアンダーシャツを胸の上まで捲《めく》り上げた。白い肌の上で存在を主張するように、ふたつの粒が色づいている。

「つく……しろ……っ」

身動いだ拍子《ひょうし》にずり下がったセーターを、築城は乳首が見えるぎりぎりまでまた押し上げた。

「自分で持ってて」

ふいに真顔になって視線を向けた日下に、なおも付け加える。

「俺はこっちと――」

強めに陰茎を扱《しご》くと、喉を反らして声が上がった。

「こっちを弄ってるから」

まだ柔らかな乳首を、指先で押しつぶす。

「う……んぅ……っ……」

「してほしいでしょ？　だから、ね……」

なめらかな頬にキスを落とすと、肩に回されていた手がおずおずと下がってきた。

こんな玄関先でコートも脱がずに半裸にされて、愛撫《あいぶ》を受けるつもりなどなかっただろう。

築城だってそんな気はなかった。ロマンティックなクリスマスを演出する予定でいたのに――。

……あんたのせいだ……。

セーターを握りしめる指に軽くくちづけてから、すぐその下で尖《とが》っている乳首に舌を押し当てた。

「あ…っあ……」

上昇した体温に、体臭と入り交じったトワレが香る。いつの間にか築城の官能と直結するようになっていたその香りを、胸深く吸い込みながら小さな粒を味わう。

反対側も指先で抉《えぐ》って勃《た》たせ、乳暈《にゅううん》ごとつまみ上げると、日下が掠れた声を上げた。

「いつも、しつこいって言われるくらい可愛がってるのに——」

舌を絡みつかせながら呟《つぶや》く築城に、白い身体がびくびくと跳ねる。

「色も大きさも全然変わらないよね。処女みたい」

「ばっ…かな、こと……言って……」

「まだ愛し方が足りないってこと？　感度は上がってるみたいなんだけどな」

「築城……っ、いい加減に……黙、れ……」

上気した頰で荒い息混じりに言われても、逆効果だ。

思いきり吸い上げて日下を喘《あえ》がせてから、堅く尖った先端をひと舐めして顔を上げる。吐息の匂いを感じるほど鼻先を近づけて、欲情と羞恥《しゅうち》に潤んだ瞳を見返した。

「しっかり立っててよ」

「え……」

下着の中から手を抜き、脚の間に割り込ませていた膝も引くと、日下のボトムが膝下まで滑り落ちた。

慌てて身を屈《かが》めて手を伸ばそうとする日下を壁に押しつけ、築城は片膝をつく。細い腰に歪《ゆが》んで張りつく下着に手をかけた。

「築城……っ」

「じっとしてて」

素早く下着を引き下ろし、先走りに濡れた陰茎に指を添える。

見上げると、日下は眉根《まゆね》を寄せて唇を噛みしめていた。しかしその表情には、困惑と羞恥だけでなく期待が潜んでいるのを感じ取る。

築城は見せつけるように舌を伸ばし、小さく震える茎を舐め上げた。

「あっ、あ、う……」

舌先に感じる脈動が、日下の悦《よろこ》びを伝えてくる。くびれを舐め回しながら、ふたつの膨らみを指先で擽《くすぐ》ると、淫《みだ》らに腰をくねらせる。何度吸い上げても、溢れてくる蜜が止まらない。

ふいに上体が大きく揺らぎ、日下は自《みずか》らの身体を支えようと築城の肩を掴んだ。

「あ……つく、しろ…っ……もう……」

「そんなこと言って……ここじゃ嫌なの？」

やはりちゃんと服を脱いで、ベッドに移動したいということだろうか。

しかしもうしばらく困って乱れる日下を見ていたくて、築城は屹立を嬲《なぶ》る指先を速めた。

「やっ……ほんと…に、も……あ、あう…っ……――」

痛いほど肩を摑まれ、日下の体重がのしかかってくる。しかしそれ以上に築城を驚かせたのは、日下の切なくも甘い声と、手の中に包んだものの脈動、そして頰に降りかかった温かな飛沫《ひまつ》の感触だった。

「あ……は、…あ……」

本能のままに揺れる腰が、築城が作った手の筒に押しつけられ、残滓《ざんし》が溢れる。

……びっくりした……。

まさか待ったをかける隙も、避ける間もなく放出されるとは、思ってもみなかった。

荒い呼吸を繰り返す頭上をそっと見上げると、薄く目を開いた日下と視線が合った。官能の色に染まった顔が、一転してぎょっとしたように目を瞠る。

「なっ……」

自分が吐き出したものが築城の顔を汚したことに気づいて、膝にまといつく下肢の着衣を引き上げながら、慌てふためいた様子で後退《あとずさ》った。

「すまない！　でも、もうだめだって……あ……とにかくシャワーを――」

狼狽える様子がおかしくて、可愛くて、築城は奥に向かおうとする日下の手を摑んだ。

「築城…っ……」

白濁に濡れた顔を近づけると、日下は耐えられないといったように目を伏せる。

「舐めて」

戸惑《とまど》いを浮かべた瞳が揺れる。

「え……」

「日下さんがつけたんだから、自分できれいにして」

紅潮した頬で唇を噛む日下に、内心苦笑した。

べつに顔にかけられたところで、築城はどうということもない。日下が我慢できないほど感じてくれたのだから、むしろ嬉しいくらいだ。

しかし日下はとんでもないことをしでかしてしまったと恥じている様子で、それがあまりにも可愛かったから、ついもう少し苛《いじ》めてしまいたくなったのだ。

「日下さん？」

なおも迫ると、日下は視線を逸らしたまま築城の肩を抱き寄せた。

……え……？

目を見開く築城の右頬に、柔らかな感触が滑る。日下は位置をずらしながら二度三度と舌を伸ばして、自分の精液を舐め取っていった。

かすかに震える舌。吹きかかる切れ切れの吐息。

本当に日下が従うとは思っていなかったから、それに驚き、また、そんなことをしている日下に奇妙な興奮を覚えた。

築城は日下の顎を摑んで、唇を合わせる。独特の、しかし馴染《なじ》んだ風味をまといつかせる舌に自分の舌を絡ませ、口中の粘膜も舐め尽くす。

「……んっ、……んぅ……」

息苦しいのか、日下に拳で肩を叩かれて、ようやく唇を解放した。

日下は濡れた口元を手の甲で拭いながら、涙目で築城を睨む。

「……なんなんだよ、おまえは」

「顔射されるとは思わなかったから。初体験にちょっと興奮した」

「だからっ……悪かったって――」

言葉の途中でぎゅっと抱きしめ、耳元で囁く。

「気持ちよかった？　日下さんも興奮したでしょ」

腕の中の日下は、これ以上ないくらいに真っ赤になって俯いた。

「ああもう、我慢できない！」

築城は日下のコートとジャケットを一気に脱がせ、セーターとアンダーシャツも首と袖を引き抜いた。しっとりと汗ばんだ肌に顔を押しつけて匂いを嗅《か》ぎながら、ボトムと下着も引き下ろす。

自分も服を脱ぎつつ日下の靴下を取り去って全裸にすると、玄関先にふたり分の衣服を散らかしたまま、日下の手を引いてバスルームに向かった。


シャワーを全開にして頭上から浴びながら、もう一度念入りなキスをした。

くちづけを解いても慎《つつし》みを忘れたように緩く開いた日下の唇を、満足げに見下ろす。

「自分のの味はどうだった？」

「……おまえ、今日は変だぞ……」

抱きしめて背筋から腰を撫で回し、すでに堅く張りつめている自分の陰茎を、日下のそれに擦りつけた。

「そうかも。でも、日下さんのせいだから」

「俺が……なに……っ」

首筋を柔らかく嚙んで、横目で視線を合わせる。

「我慢できないって、独占したいって、言ってくれた」

「それは……本心、だったから……」

……ほんとに……この人は……。

その言葉に築城がどれほど有頂天《うちょうてん》になるか、わかって言っているのだろうか。

「築城っ、洗うんじゃなかったのか」

意図を持って動き出した築城の手に、日下が慌てたように腕の中から逃れようとする。それを背後から摑まえて、壁面に押さえつけた。

「ひ…っ……」

「ああ、冷たかった？　ごめん」

壁の間に手を滑らせ、なめらかな胸をまさぐる。ぷつんと膨らんだ粒を指先に捕らえて弄りながら、浮き出た肩胛骨《けんこうこつ》の窪《くぼ》みを舌で辿る。

ほっそりした腰を自分のほうへ引き寄せていくと、日下は壁に両手をついてゆるゆると首を振った。

胸から下ろした手で探った股間は、次の萌《きざ》しを見せている。手の中に包んで柔らかく擦ると、あえかな声が聞こえた。

シャワーから切り替えてあった湯船への給湯が、すでに溢れ出して洗い場へ流れている。

立ち上る湯気に煙る白い背中を、脊椎《せきつい》のひとつひとつを辿るように舐め下ろして、肉の薄い双丘へ辿り着いた。

「脚もっと開いて……」

「嫌、だ……」

床に膝をつき、かすかに震える内腿に手をかけて押し開く。

「嫌じゃないでしょ、好きなくせに。さっきは前だったから、今度はこっち」

小さな窄《すぼ》まりに舌先を押し当てると、背中が大きく撓《たわ》んだ。

「あぁ…っ……」

湿った空気の中に、ちょろちょろと流れる水音に混じって甘い声が響く。

嫌がるそぶりとは裏腹に、そこは刺激に喜ぶようにひくひくと震え、築城の手の中のものも堅く張りつめていく。

「あ……つく…しろ……っ、あ、……あぅ……」

悩ましげに腰が揺れる。

舌先で感じる後孔《こうこう》はゆっくりと綻《ほころ》び、強く押しつければ誘い込むように開こうとした。

撫で擦っていた性器も脈動を感じるほどに勃起《ぼっき》して、先端から滴《しずく》をこぼし始める。このままではまた達してしまいそうな気配で、築城は屹立から手を離した。

「や……っ」

中断された愛撫がもの足りないのか、日下の右手が自分のものを握りしめる。その手を左手で摑んで、自慰《じい》を封じた。

築城の拘束から逃れようとするが、左手で身体を支えているため、日下は動けない。摑まれた手を振り解こうとするので、さらに手を引くと、捻《ねじ》れた身体の不安定さを感じたのか、ようやく諦めたようだ。

「触ってたら、またいっちゃうから。もう少しこっちで感じて」

柔らかく解れた場所に指をかける。

「あ、……あっ……」

そこはぴくんと震えた後で、いつも与えられる官能を思い出したように指を招き入れていった。

潤いを注ぎ足すように縁を舐めながら、慎重に指を挿《さ》し入れていく。

日下は伸びをする猫のようにしなやかに腰と背を撓らせ、吐息混じりの嬌声《きょうせい》を洩らした。

ぴったりと隙間なく埋め込まれた自分の指を眺め、築城はそっと内部を掻き回す。

「あっ、あ、……そこ……っ」

すでに日下の感じる場所は熟知していて、快感の度合いも測れるくらいだと自負していたが、やはり今夜の日下はいつもよりも感じやすい。官能に溺《おぼ》れて淫《みだ》らなほどにくねる身体を見ていると、日下を愉《たの》しませるよりも早く求めたくなる。

脚の間から覗く屹立は伸びやかに上を向いて、先端の孔《あな》からしきりと蜜を溢れさせている。ゆっくりと茎を伝っていたそれが、糸を引いて滴《したた》り落ちた。

「……は…あぅ……つく…しろ……っ、……つく……」

「気持ちいい？　中がすごく熱くて……うねってる」

増やした指で内壁をぐるりと撫でると、隘路《あいろ》がいっそう締まって、日下は切ない声を上げた。

「……っと、……もっ…と……して……」

強《し》いられた不自由な体勢で振り返ったその顔は、愉悦と焦燥をにじませている。

どくり、と血が滾《たぎ》るのを感じ、築城は立ち上がった。その動きで、まだ指を含ませたままだった日下が身悶《みもだ》える。

後孔が指に吸いつく感触にさえ、眩暈《めまい》がしそうなほど欲情していた。

指を引き抜き、襞《ひだ》を乱して息づくように伸縮しているそこに、腹に着くほど反り返った自分のものを押し当てる。両手で日下の腰を掴み、先端をめり込ませていく。

「あう……う……」

潤いが足りないのではないかと一瞬思いはしたが、準備の揃《そろ》った寝室まで移動する時間も惜しかった。

せめて日下に苦痛を与えまいと、欲望のままに突き上げたい衝動を抑えて、ゆっくりと貫いていく。

撓る背中がかすかに震え、壁にすがる指が拳を作る。

肉壁を押し広げるようにして先端を埋め込み、いつもよりも抵抗の強い内部に、そのまま上りつめてしまいそうな快感を覚えながら、深く潜り込む。

「あ……ああ、……っく……」

日下は壁に横顔を押しつけ、悩ましげに眉をひそめて目を閉じていた。

「痛い？」

「……へい、き……だけど……」

「だけど……？」

瞼《まぶた》を開き、焦点が定まらないような眼差《まなざ》しで簗城を見る。

「なんか……大きい……」

ため息のような声で呟かれて、簗城の中で小さな爆発が起きる。

「なんで……っ、そんなこと言うかな。今日どうかしてるのは、あんたのほうじゃないの？」

「あっ……また……」

細い腰を抱え直して、双丘がつぶれるほど下腹を押しつけ、根元まで埋め込む。何度繋がっても、包み込まれる感触に陶酔《とうすい》しそうになる。

おまけにあんなこと言われちゃ、抑えが利かなくなる……。

ゆっくりと焦《じ》らすように腰を引いていくと、日下の中が追いすがるように絡みついてくる。

「あ、あっ、築城……っ」

「そんなに締めつけないで。動けなくなる」

「だっ……て……あっ……」

無意識なのだろう、揺れる腰が築城を誘う。

「ここ……擦ってほしいだろ？　日下さんが好きなところ……」

立位で試すのは初めてだったが、感触でおおよその位置を確かめ、グランスを押しつける。

「ああう……っ」

高い声が浴室に響いた。

「やっ……いや……そこ…っ、や……」

「嫌？　嘘、こんなに感じてるくせに」

片手を股間に移動させて、滑るほど先走りをこぼしている陰茎を摑む。日下の全身がびくびくと震えた。

「ほら……こうやって、擦るたびに、……溢れてくる」

背中に覆い被《かぶ》さるようにして、顔を近づける。

「もう、いきそうなんじゃない？」

日下は息を乱しながら首を振った。潤んだ瞳で見返され、築城は欲情とたまらない愛しさに、胸が詰まりそうになる。

「おまえ……も……」

ほとんど壁に身体を預けるようにして、日下は後ろ手で築城の頬に触れた。

「感じてくれなきゃ……嫌だ……一緒に、いきたい――ああっ……」

滾る身体と心を抑えきれず、築城は日下の身体を壁に押しつけるようにして抱きしめた。熱を持った耳朶を食《は》む。

「あんた……俺をどうしたいんだ……」

これ以上虜《とりこ》にするつもりなのか。こんなに夢中なのに。

壁にすがる日下の手に手を重ね、貪《むさぼ》るような抽挿を繰り返す。突き上げるたびにつま先立ちになってしまう身体が揺れ、快感に酔った声が洩れる。

「あ……っ……つく……しろ……、い……い……」

「わかってるよ、こんなに……きゅうきゅう締めつけて……」

限界近くまで漲《みなぎ》っているものをさらに煽るように、甘く淫靡《いんび》に絡みつかれて、日下の身体を気づかう余裕も失う。

「お、まえ……は？　あぅ……っ、おまえは……いい……？」

「いい……いっちまいそうだ……」

荒い息の間に交わされる言葉が、次第に互いの名を呼ぶだけになる。

「築城……っ、あ……もう……っ……」

「日下さん……っ」

繋がった場所が熱く痺《しび》れて、どこまでが自分の身体なのかわからなくなる。

瘧《おこり》のように震える日下を抱きしめて、止めどなく蜜を溢れさせている屹立を握った。

「……つく……——あっ、ああ……っ……」

びくびくと手の中で戦慄《わなな》いて、温かな飛沫が噴き上げる。同時に築城を包んだ場所がうねるように蠢《うごめ》き、眩暈のする快感が走り抜ける。

「……く……っ……」

搾り取られるような動きの中で、堪《こら》えていたものをすべて注ぎ込む。その感触が伝わるのだろうか、日下が細い顎を反らして、感じ入ったような吐息を洩らした。

日下を抱きしめたまま呼吸が落ち着くのを待っていると、足元を流れるお湯の音が耳に戻ってきた。築城は秘かに苦笑しながらレバーを捻る。

ゆっくりと振り返った日下は、まだ官能の色を残した表情で築城を見上げた。

「築城……好きだ……」

その囁きに、治まったはずの鼓動が跳ねる。

本当に今夜はどうしたのだろう。ふだんはねだってもなかなか口にしてくれない言葉が、次々に落ちてくる。

「すごいクリスマスプレゼントだな」

意味がわからないというように見つめる日下の頰にキスをした。

「嬉しくなることばかり言ってくれる」

「……いつだってそう思ってる——あっ……」

まだ日下の中にあるものが擦れたらしく、甘い声が洩れた。

そっと結合を解いて、改めて向き合って抱き合う。

「俺も……日下さんを愛してる。どうすればいいのか、わからないくらい」

日下は濡れた眼差しで築城を見据えた。

「そばにいてくれ。ずっと……」

「今さらだ。嫌がられても離れない」

顔を近づけると、日下は口元にかすかな笑みを浮かべて目を閉じる。くちづけて、微笑する唇を解いていく。ゆっくりと舌を絡ませ、互いの身体と心に次の熱を点《とも》す。

「……ん、……は……」

唾液の糸を引いた唇を指先で拭い、愛してやまない人の肩を抱き寄せる。頬ずりをして、形のいい耳に囁いた。

「クリスマスパーティーの続きをしよう……ベッドで」

築城は日下を抱えてバスルームを出ると、寝室に向かった。

END

こんにちは、浅見茉莉です。この本をお手に取っていただき、ありがとうございます。

白衣シリーズ第三弾『白衣は情熱に焦がれて』は、昨年の秋に小説ビーボーイで前後編掲載されました。

企画が持ち上がったのは、たしか『白衣は愛に染まる』の雑誌掲載後だったと記憶しています。予想以上の反響をいただいてのシリーズ続投でした。

大変ありがたいことではありながら、『白衣の熱情』の後も続くとは考えていなかったので、次はどんなものを書けばいいのかと困惑もありました。

私はまったくそんなつもりはなかったのですが、『白衣は愛に染まる』にチョイ役で出演していた日下に白羽の矢が立ち、お相手は年下の外科医で、というリクエストを担当さんからいただきました。

えー、日下？　だって日下はもう○歳だし、イメージしていたのはのほほんとした地味な男なのにー。

自分の中で日下＝ＢＬの主役（しかも受）という図式が今ひとつぴたりとせず、話を作ってからも慣れるまでに時間がかかったような気がします。そのせいもあるのかどうか、題名のように熱烈な恋愛モードに移行するのに時間がかかっていますね。

でも書き下ろしのふたりを見てみますと、かなり甘々な生活を送っているようです。築城のワンコ化と日下のツンデレ発症は、まあ恋するふたりだからと大目に見てやってください。

今回も白衣の似合うふたりを描いてくださった高永ひなこさま、ありがとうございました。日下が輝ける受になれたのは、高永さんの絵があってこそです。

医療関係の記述についてチェックをしてくださったドクターびび、毎回助かりました。ありがとう。

担当さんを始め制作に関わってくださったスタッフの方々にも、お世話になりました。

そしておそらく多くの方が、シリーズを通して見守ってくださったと思います。『白衣は愛に染まる』の第一話が雑誌に掲載されたのが、二〇〇四年の秋。長丁場におつき合いいただき、ありがとうございました。

いったんここでピリオドとなりますが、こんな医者ものがあったなーと、ときおり思い出していただけるような作品になってくれたら、こんなに嬉しいことはありません。

次回はまた別の作品でお会いできることを祈っております。

二〇〇七年　秋

浅見茉莉　拝

message from 浅見茉莉先生

書きおろしを書きながら、なんか築城って犬っぽい…？
と思い、じゃあどんな犬だろうと探してみました。
ベルギー原産のシェパードで、いい感じのを発見
「訓練しやすく従順な一方、多少気が荒い面もあり、
早期からの教育が必要」（笑）
見た目は黒い長毛で、オオカミ似のイケメンでした。
日下には頑張ってしつけてもらいましょう。

浅見茉莉

message from 高永ひなこ先生

「〜熱情」の後書きコメントでも触れた、白衣シリーズ
カバーイラストの「3大大事なもの」のひとつである
乳首。今回白衣シリーズファイナルということで
乳首を特盛りにしてみたんですが（両方描いた
ので単純計算で2倍です。）まんまとタイトルで
隠れてしまいました。残念。でもじーっと見つめれば
うっすら透けてくるかもしれないよ。がんばれ！
さいごまでちくびちくびとすいません。。

愛の診断書《ラブカルテ》

Kazuma & Masaaki
medical certificate of the love

築城一馬
Kazuma Tsukushiro

PROFILE

誕生日	8月4日	出身地	東京
身長	185cm	体重	73kg
趣味、特技	クラシック音楽鑑賞、サッカー		
経歴	帝都大学医学部卒業 帝都大学医学部付属病院勤務 成和病院勤務		

担当医：日下理晶

問診票
Q&A by the lover♥

Q1 今一番したいことは？

休みを日下さんとゆっくり過ごしたい。職業柄いつ呼び出しがかかってもいいようにしているし、最近は慌てて出かけることが多かったから、ベッドで日下さんが目覚めるまで寝顔を眺めていられたら幸せだと思う。それに寝起きの日下さんもすごく可愛いんだよな。

Q2 最近気になっていることはある？

ナースステーションに日下さんと二人で行くと、看護師たちが妙に色めきたつのが気になるな…。
"騎士"とか"貴公子"とか囁いてるのが聞こえるんだけど、あれは何なんだ？
日下さんを見ると真っ赤になってるし、何か知ってると思うんだけど…絶対教えてくれない。

Q3 俺のどこが好き？

全部(キッパリ)。医師としても恋人としても尊敬しているし、理想だと思う。そう言うと日下さんは「そんなことない」ってうつむくけど、日下さんが日下さんってだけで俺にとっては一番だから。

Q4 俺に何か言いたいことはある？

忙しくなると自分を顧みないのが気になる。
患者さんには注意してるのに自分は野菜ジュースだけだったりする。
心配して食事に誘ったりしてるけど…俺の日下さんをもっと大事にして欲しいかな。
あとは一人でなんでも抱え込むから、俺にもっと頼って欲しい。

愛の診断書《ラブカルテ》

Kazuma & Masaaki
medical certificate of the love

PROFILE

誕生日	11月12日	出身地	東京
身長	173cm	体重	57kg
趣味、特技	読書、陶芸		
経歴	帝都大学医学部卒業 帝都大学医学部付属病院勤務 海外派遣医 帝都大学医学部院生 成和病院勤務		

日下理晶
Masaaki Kusaka

俺の知りたいことに答えてもらいました。

担当医:築城一馬

問診票
Q&A by the lover♥

Q1 クリスマスコンサートに誘ってくれるとき、どんな気分だった?

…緊張した。いろいろと誘い方を練習してたんだけど、本番ではあんな言い方しかできなかったし。それでも喜んでくれてホッとした。シフト表を見た築城が肩を落としているのがなんか可愛くて(笑)いつも先回りして俺の気持ちを汲んでくれるから、築城に俺のほうからも何かしてあげたかったんだ。

Q2 俺に一言下さい。

…うまく言葉にできないけど、いつも感謝してる。以前はすれ違うことが多かったからか、築城は大事なことを何でも口に出して言ってくれるようになったし…俺は恥ずかしくてつい強がったり、目を逸らしたりしてしまうけど、本当はすごく嬉しいし、安心するんだ。

Q3 今後の目標はある?

医者として、今、自分ができることを見失わずに進んでいけたらと思う。そしてあの頃、築城がどん底の俺を支えてくれたように、俺も築城が悩んだり困ったりしたときに、支えてやれるだけの力をつけたい。

Q4 大切にしていることは何?

築城と会う時間…かな。
お互い忙しいから、手が触れたり、目があったり、そんな些細な事が楽しくて、ほんの数分でも一緒にいられたら嬉しいんだけど…ただ…病院で…そういう雰囲気になるのはちょっと困る。
最近はナースたちの他に患者さんにまで「築城先生と仲良しなんですね!」って言われるし…。

◆初出一覧◆

白衣は情熱に焦がれて　／小説b-Boy '06年11月、12月号掲載
白衣は情熱に溶けて　／書き下ろし

ビーボーイノベルズをお買い上げいただきありがとうございます。
この本を読んでのご意見・ご感想をお待ちしております。

〒162-0825 東京都新宿区神楽坂6-46
ローベル神楽坂ビル7階
リブレ出版㈱内 編集部

BBN
B●BOY NOVELS

白衣は情熱《こい》に焦がれて

2007年11月20日 第一刷発行

著者――浅見茉莉

発行者――牧 歳子

発行所――リブレ出版株式会社

〒162-0825 東京都新宿区神楽坂6-46ローベル神楽坂ビル6F
営業 電話03(3235)7405 FAX03(3235)0342
編集 電話03(3235)0317

印刷・製本――凸版印刷株式会社

Printed in Japan
ISBN 978-4-86263-283-8

リブレ出版小説新人大賞

「このお話、みんなに読んでもらいたい！」そんなあなたの夢、叶えてみませんか？

小説b-Boy、ビーボーイノベルズ、ビーボーイスラッシュノベルズにふさわしい小説を大募集します！　優秀な作品は、小説b-Boyで掲載、またはノベルズ化の可能性あり♡　また、努力賞以上の入賞者には、担当編集がついて個別指導します。あなたの情熱と新しい感性でしか書けない、楽しい小説をお待ちしてます!!

募集要項

************作品内容************

小説b-Boy、ビーボーイノベルズ、ビーボーイスラッシュノベルズにふさわしい、商業誌未発表のオリジナル作品。

************資格************

年齢性別プロアマ問いません。

************応募のきまり************

●応募には小説b-Boy掲載の応募カード（コピー可）が必要です。必要事項を記入の上、原稿の最終ページに貼って応募してください。

●〆切は、年２回です。年によって〆切日が違います。必ず小説b-Boyの「リブレ出版小説新人大賞のお知らせ」でご確認ください。

●その他注意事項はすべて、小説b-Boyの「リブレ出版小説新人大賞のお知らせ」をご覧ください。

************注意************

・入賞作品の出版権は、リブレ出版株式会社に帰属いたします。

・二重投稿は、堅くお断りいたします。